11문자 살인사건

11文字の殺人

11-MOJI NO SATSUJIN by Keigo Higashino
Copyright ⓒ Keigo Higashino 1987, 1990
All rights reserved.
Original Japanese edition published by Kobunsha Co., Ltd.

This Korean edition is published by arrangement with Kobunsha Co., Ltd.,
Tokyo in care of Tuttle-Mori Agency, Inc., Tokyo through
EYA(Eric Yang Agency), Seoul.

11문자 살인사건

히가시노 게이고

민경욱 옮김

RHK
알에이치코리아

차례

주요 등장인물

- **'나'** 여성 추리소설가.
- **가와즈 마사유키** '나'의 애인. 프리랜서 작가
- **하기오 후유코** '나'의 담당 편집자이자 친구
- **니자토 미유키** 여성 카메라맨
- **야마모리 다쿠야** '야마모리 스포츠플라자'의 사장
- **이시쿠라 유스케** '야마모리 다쿠야'의 동생으로 '야마모리 스포츠플라자' 강사
- **야마모리 마사에** '야마모리 다쿠야'의 부인
- **야마모리 유미** '야마모리 다쿠야'의 시각장애가 있는 딸
- **무라야마 노리코** '야마모리 다쿠야'의 비서
- **하루무라 시즈코** '야마모리 스포츠플라자' 직원
- **가네이 사부로** '야마모리 스포츠플라자'의 직원. '하루무라 시즈코'의 애인
- **사카가미 유타카** 극단 배우
- **후루사와 야스코** 직장인
- **다케모토 유키히로** 르포 작가. 요트 여행 사고에서의 유일한 희생자
- **다케모토 마사히코** 직장인. '다케모토 유키히로'의 동생

monologue
1

편지를 막 끝냈을 때 가벼운 현기증을 느꼈다.

딱 한 줄짜리 편지다.

하지만 이 한 줄에서 모든 게 시작될 것이다.

그리고 다시 되돌릴 수 없다.

마음을 먹는 데 그다지 많은 시간이 걸리지는 않았다.

요컨대 실행에 옮기는 수밖에 없다. 그 외에는 선택의 여지가 없다.

물론 다른 사람의 생각은 다를 것이다.

정당하냐는 물음에 사로잡혀 틀림없이 제삼의 방법을 제시할 것이다.

사람들은 그런데, 라고 토를 달 것이다.

그래서 인간이란 나약한 동물이다.

일반론은 존재하지만 현실성은 없다.

이러니저러니 해도 하품이 나올 정도로 한심한 의견일 뿐이다.

거기에 숨어 있는 건 속임수와 도피일 뿐이다.

그런 의견들은 아무리 많이 이야기해도 결론을 내리지

못할 뿐더러 조금도 내 마음을 움직이지 못한다.

지금, 뿌리 깊은 증오가 내 마음을 지배하고 있다.

그 증오를 버릴 수도, 그대로 지닌 채 살아갈 수도 없다.

그래서 실행할 수밖에 없다. 그리고 또 한 가지. '그들'에게 묻고 싶다.

진정한 해답은 어디에 있는가?

아니······.

'그들'은 결코 입을 열지 않을 것이다.

진정한 해답이 무엇인지 처음부터 알고 있었을 테니까.

그걸 생각하면 나의 증오는 불꽃처럼 타오른다.

'무인도로부터 살의를 담아.'

이 한 줄이다. 그리고 이거면 충분하다.

1장

의문의
죽음

無人島より敬意を込めて

"누군가 나를 노리고 있어."

그는 버번 잔을 기울이며 말했다. 잔 속에 든 얼음이 달그락 소리를 내며 움직였다.

"노려?"

나는 반쯤 웃으며 되물었다. 농담이라고 생각했기 때문이다.

"뭘 노린다는 거야?"

"목숨을."

그가 대답했다.

"누가 내 목숨을 노리고 있는 것 같아."

나는 여전히 웃고 있었다.

"왜 당신 목숨을 노리는데?"

"글쎄."

그는 잠시 침묵한 후 다시 입을 열었다.

"몰라. 왜 그런지."

그의 목소리가 너무 무거웠던 탓에 내 얼굴에서도 웃음기가 사라졌다. 한참 그의 옆얼굴을 쳐다보다 시선을 카운터의 바텐더 얼굴로 옮겼다가 다시 내 손으로 떨어뜨렸다.

"이유도 모르는데 그런 느낌이 든다고?"

"느낌만이 아니야. 정말로 당했다니까."

그렇게 말하고 그는 버번을 한 잔 더 주문했다.

나는 주변을 둘러보고 아무도 우리에게 주의를 기울이지 않는다는 걸 확인한 후, 그의 옆얼굴에 대고 말했다.

"저기, 좀 더 자세히 설명해주지 않을래? 도대체 무슨 일이 있었던 거야?"

"그러니까."

그는 입안에 술을 털어 넣고 담배에 불을 붙였다.

"그냥 누군가가 나를 노렸다는 거야. 그뿐이야."

그러고는 낮게 중얼거렸다. 실수를 했다고.

"그럴 생각이 아니었는데 말해버렸네. 낮에 했던 이야기 때문인가?"

"낮에 했던 이야기?"

"아무것도 아니야."

그는 고개를 흔들었다.

"어쨌든 당신한테 말하지 않으려 한 건 말이야……."

나는 손에 든 잔을 바라봤다.

"나한테 말해도 해결책이 없을 테니까?"

"그것만이 아니야."

그가 말했다.

"당신이 쓸데없는 걱정을 하게 될 테니까. 그렇다고 내 불안이 사라지는 것도 아니고."

나는 그 말에 더 이상 대꾸하지 않고 자세를 고쳐 앉았다.

"저기, 그러니까 어쨌든 누군가한테 습격을 당했다는 거 아니야?"

"뭐, 그렇지."

"어디 짚이는 데는 있어?"

"이상한 질문이네."

그는 이 바에 들어온 후 처음으로 웃었다. 담배연기가 잇새로 새어나왔다.

"누군가에게 생명의 위협을 받았는데 짚이는 데가 전혀 없는 사람이 얼마나 될까? 당신은 어때?"

"내 경우는⋯⋯."

여기서 말을 끊었다가 입을 열었다.

"없다고도 있다고도 할 수 있지. 살의는 가치관과 비슷한 거니까."

"동감이야."

내 말에 그는 천천히 고개를 끄덕였다.

"그러니까, 짚이는 데가 있다는 거야?"

"자랑은 아니지만 대강 짚이는 데는 있어."

"이야기해주면 안 돼?"

"말하면 단순한 추측이 확신이 될 것 같아서 말이야."

그리고 그가 말했다.

"내가 좀 소심하거든."

그 뒤로는 둘 다 입을 다물고 술만 마시다 밖으로 나와 비가 내리는 길을 걸었다.

'내가 좀 소심하거든.'

내가 기억하는 그의 마지막 말이었다.

– 2 –

그 사람, 가와즈 마사유키와는 친구 소개로 알게 되었다.

그 친구란 바로 내 담당 편집자인 하기오 후유코였다. 후유코는 10년 가까이 출판사에서 일하고 있는 커리어우먼이다. 늘 영국의 귀부인처럼 위아래로 정장을 쫙 빼입고 가슴을 편채 당당하게 걷는 여자다. 알고 지낸 지는, 내가 이 세계에 들어오면서부터였으니 얼추 3년은 된다. 나이도 동갑이다.

그런 후유코가 원고보다 먼저 남자 이야기를 꺼낸 것은 두 달 전쯤이었다. 아마 아마미오섬(奄美大島)에 장마가 시작되었다고 발표된 날이었을 것이다.

"굉장한 남자를 만났어."

후유코는 꽤 진지하게 말했다.

"프리랜서 작가인 가와즈 마사유키라고 알아?"

나는 모른다고 대답했다. 동업자 이름도 모르는 경우가 많은데 하물며 프리랜서 작가까지 알 턱이 없었다.

후유코 말로는 그 가와즈 마사유키가 책을 내게 되었는데, 그 일을 협의하는 자리에 우연히 동석했다가 친해졌다고 한다.

"키가 크고 굉장한 미남이야."

"그래?"

후유코가 남자에 대해 이야기하는 것은 매우 드문 일이었다.

"후유코가 추천하는 남자라니 한번 만나보고 싶네."

내가 말하자 후유코는 "응. 이번에는 제대로야." 하며 웃었다. 나는 진심이 아니었고, 그건 후유코도 마찬가지였다. 가벼운 농담으로 여기고 곧 잊어버렸다.

그런데 몇 주 후, 나는 가와즈 마사유키와 만나게 되었다. 후유코와 들어간 바에 우연히 그가 있었던 것이다. 그는 긴자에서 개인전을 열고 있는 뚱뚱한 화가와 함께 있었다.

확실히 가와즈 마사유키는 괜찮은 남자였다. 키가 180센티미터 정도는 되어 보였고, 적당히 그을린 탄력 있는 얼굴에 흰색 재킷도 잘 어울렸다. 카운터에 앉아 있던 그가 후유코를 알아보고 살짝 손을 들어 손짓했다.

후유코는 격의 없이 그와 이야기를 나눈 후 나를 소개해줬다. 예상대로 그 역시 내 이름을 몰랐다. 추리작가라고 했는데도 머뭇거리며 가볍게 고개를 끄덕였을 뿐이다. 대부분의 사람은 이런 반응을 보인다.

그 후 우리는 아주 오랫동안 그 가게에서 대화를 나눴다. 왜 그렇게 죽이 척척 맞았는지는 지금 생각해봐도 이상할 정도였다. 무슨 말을 떠들었는지 기억도 안 난다. 다만 그 긴 대화 끝에 나와 가와즈 마사유키 둘이서만 가게를 나왔다는 건 분명했다. 둘이 다른 가게에 들어갔고, 거기서 거의 한 시간 가까이 있다 나왔다. 조금 취하긴 했지만 그가 집까지 바래다줄 정도는 아니었다. 그도 굳이 바래다주겠다고 하지 않았다.

사흘 뒤, 그가 전화를 걸어 식사를 함께하자고 했다. 거절할 이유가 없고, 그가 괜찮은 남자라는 것도 사실이어서 그다지 머뭇거리지 않고 승낙했다.

"추리소설의 매력은 뭐지?"

호텔 레스토랑에 들어가 주문을 끝내고 종업원이 가져온 화이트와인으로 목을 축이고 있는데 그가 물었다. 나는 별생각 없이 그저 기계적으로 고개를 흔들었다.

"모른다는 소리?"

그가 물었다.

"그걸 알면 더 유명해졌겠죠. 그러는 그쪽은 어떻게 생각하는데요?"

그러자 그는 코를 문지르면서 "가공의 이야기라는 게 매력이지 않나?" 라고 말했다.

"현실의 사건은 흑백이 분명하지 않은 부분이 많지. 선과 악의 경계가 애매하잖아. 그래서 문제 제기는 할 수 있지만 명확한 결론은 불가능해. 항상 커다란 무언가의 일부분일 뿐이야. 그런 점에서 소설은 완성된 구조를 지니고 있잖아. 소설은 하나의 구조물이지. 그리고 추리소설은 그 구조물 중에서 가장 심혈을 기울일 수 있는 분야 아니야?"

"그럴지도 모르겠네요."

내가 말했다.

"선과 악의 경계선에서 고민한 적 있어요?"

"그야 당연히 있지."

그는 입술을 조금 일그러뜨렸다. 그 모습을 보니 그런 일이 정말 있었나, 싶었다.

"그런 것도 쓰나요?"

"쓰지."

그가 대답했다.

"하지만 완성하지 못한 경우도 많아."

"왜 완성을 못했어요?"

"이런저런 이유로."

기분이 조금 상한 것 같던 그는 곧바로 다정다감한 표정을 되찾고 이번에는 그림에 대해 이야기하기 시작했다.

그날 밤, 그는 내 방에 왔다. 내 방에는 아직도 전남편의 체취가 여기저기 남아 있었다. 그도 조금 당황한 것처럼 보였지만 곧 익숙해졌다.

"신문기자였어요."

전남편에 대해 이야기했다.

"거의 집에 없는 사람이었어요. 그러다가 결국 이 방에 돌아올 의미를 잃고 말았지만."

"그래서 두 번 다시 돌아오지 않았다는 거야?"

"그런 셈이죠."

가와즈 마사유키는 전남편이 나를 안았던 침대에서 전남편보다 훨씬 부드럽게 나를 안았다. 그리고 섹스가 끝난 후 나에게 팔베개를 해준 채 말했다.

"다음에는 내 방으로 오지 않을래?"

우리는 일주일에 한두 번 꼴로 만났다. 대개 그가 왔지만 내가 간 적도 있었다. 그는 독신이고 결혼한 적도 없다고 했는데, 믿기지 않을 정도로 깨끗하게 방이 정돈되어 있었다. 어쩌면 청소를 해주는 사람이 있을지 모른다고 혼자 생각했다.

우리 둘의 관계는 곧 후유코에게 들키고 말았다. 후유코가 원고를 받으러 왔을 때, 마침 그가 나타나는 바람에 변명의 여지도 없었다. 사실 변명할 필요도 없었지만 말이다.

"사랑해?"

후유코와 단둘이 남았을 때 먼저 질문이 날아왔다.

"좋아해."

내가 대답했다.

"결혼은?"

"무슨 소리야!"

"그럼 됐어."

후유코는 그제야 안심했다는 듯 한숨을 쉬고 윤곽이 또렷한 입술에 미소를 머금었다.

"내가 소개시켜줬으니까 사이가 좋아진 건 괜찮지만 너무 빠지진 말아. 지금 정도로만 관계를 유지하는 게 좋아."

"걱정 마. 결혼에는 델 만큼 뎄으니까."

그를 만난 지 두 달이 지났다.

그동안 가와즈 마사유키와는 후유코와 약속한 대로 적당한 관계를 유지했다. 6월에는 둘이 여행을 다녀오기도 했지만, 그의 입에서 결혼 이야기는 나오지 않았다. 혹 그런 이야기가 나왔다면 조금 곤란해졌을 것이다.

생각해보면 그가 결혼 이야기를 꺼냈다 해도 이상할 것은 없었다. 벌써 서른넷이었으니 결혼을 생각할 만한 나이였다. 그렇다면 역시 그도 나와 마찬가지로 일정한 거리를 두고 교제를 유지하고 있었던 게 아닐까?

하지만 이젠 그런 생각을 할 의미조차 사라져버렸다.

만난 지 2개월. 가와즈 마사유키가 바다에서 죽어버린 것
이다.

- 3 -

7월의 어느 날, 형사가 찾아와 그의 죽음을 알렸다. 형사는
내가 작품에서 그렸던 것보다 훨씬 평범했는데, 대신 분위기
는 있었다. 설득력이 있어 보인다고 표현해도 무방할 것이다.

"오늘 아침 도쿄만에서 시체가 떠오른 걸 발견했습니다. 시
신을 인양해 소지품을 조사한 결과 가와즈 마사유키 씨라는
것을 알아냈습니다."

마흔 전후의 키가 작은, 강인해 보이는 형사가 말했다. 젊
은 형사는 그저 조용히 옆에 서 있기만 했다.

나는 몇 초 동안 말을 잃었고, 그 뒤 침을 꿀꺽 삼켰다.

"신원 확인은 하신 건가요?"

"예."

단호하게 형사가 대답했다.

"고향인 시즈오카에서 여동생이 가지고 온 치과 기록과 엑
스선 사진으로 확인했습니다."

그리고 형사는 '가와즈 마사유키 씨였습니다.'라고 못을 박
듯 말했다.

내가 입을 다문 채 있자 형사가 "찬찬히 이야기를 듣고 싶습니다만." 하고 말했다. 현관 앞에서, 문도 열린 채였다.

근처 카페에서 기다려달라고 부탁하자 형사는 조용히 고개를 끄덕이고 사라졌다. 나는 형사가 사라진 현관에 서서 문밖을 멍하니 바라보았다. 그러다 긴 한숨을 내쉰 후, 문을 닫고 방으로 돌아와 외출복으로 갈아입었다. 서둘러 립스틱만 바르고 옷장 앞에 섰을 때, 순간 멈칫했다.

거기, 피곤에 찌든 얼굴이 있었다. 표정을 드러내는 것조차 귀찮아 보였다.

거울 속 모습에서 시선을 피하고 호흡을 가다듬은 다음 다시 한번 바라보았다. 이번에는 조금 변화가 생겼다. 그제야 스스로를 이해하고 고개를 끄덕였다. 분명히 그를 좋아했던 것이다. 그리고 좋아했던 사람이 죽으면 슬픈 게 당연한 일이다.

◆◆◆

몇 분 뒤, 나는 카페에서 형사와 마주 앉아 있었다. 이곳은 내가 자주 찾는 카페였는데 단맛이 적은 깔끔한 케이크를 팔았다.

"살해당했습니다."

형사는 선언하듯 말했다. 하지만 그다지 크게 놀라지 않았다. 예상했던 말이다.

"어떻게 살해된 건가요?"

내가 물었다.

"잔인하게 살해됐습니다."

형사는 얼굴을 찡그렸다.

"둔기로 뒷머리를 내리친 뒤 항구에 버렸습니다. 마치 쓰레기처럼 아무렇게나 말입니다."

내 애인이 쓰레기처럼 버려졌다…….

형사가 헛기침을 한 번 했다. 나는 고개를 들었다.

"그럼 사망 원인은 뇌출혈인가요?"

"아닙니다."

형사는 여기서 이야기를 끊고 내 얼굴을 다시 살핀 후 말을 이었다.

"아직 뭐라고 단언할 수는 없습니다. 뒷머리에 둔기로 맞은 흔적이 있지만 부검 결과가 나와봐야 하니까요."

"그렇군요."

그렇다면 다른 방법으로 살해된 다음, 둔기로 얻어맞고 버려졌을 가능성도 있다는 건가? 범인은 왜 그렇게까지 해야 했을까?

"그런데 말입니다."

내가 멍한 표정으로 우두커니 있어서 그런지 형사가 주의를 환기시켰다.

"가와즈 씨와 상당히 가까웠다고 들었습니다만."

나는 인정했다. 부인할 이유도 없었다.

"애인인가요?"

"저는 그렇다고 생각하고 있습니다만."

형사는 우리가 어떻게 만났는지 물었다. 나는 솔직히 이야기했다. 후유코에게 귀찮은 일이 생기지 않을까 싶어 잠시 머뭇거렸지만 결국 그녀 이름도 말했다.

"마지막으로 가와즈 씨와 이야기를 나눈 건 언제였습니까?"

잠깐 생각한 후 그저께, 라고 대답했다.

"불러서 나갔습니다."

레스토랑에서 밥을 먹고 바에서 술을 마셨다.

"어떤 이야기를 하셨습니까?"

"이런저런 이야기를 했는데…… 그중에."

나는 고개를 숙이고 유리 재떨이를 응시했다.

"누군가가 자신을 노리고 있다고 말했어요."

"노리고 있다고요?"

"예."

그저께 밤에 그에게서 들은 이야기를 했다. 형사의 눈이 번뜩이기 시작했다.

"그럼 가와즈 씨에게 짚이는 구석이 있었다는 이야기네요?"

"단정할 수는 없지만요."

그도 짚이는 데가 있다고 단언했던 것은 아니다.

"그럼 당신은 짚이는 데가 전혀 없나요?"

나는 고개를 끄덕였다.

"없습니다."

그 후 형사는 그의 교우 관계나 일에 대해 질문했다. 그러나 나는 정말 아무것도 몰랐다.

"그런데, 어제는 어디 계셨습니까?"

마지막 질문은 내 알리바이에 대한 것이었다. 자세한 시간까지 묻지 않은 건 아직 정확한 사망 시각이 나오지 않았기 때문일 것이다. 하긴, 시간을 더 세분화한다 해도 내 알리바이 증명에는 별 도움이 되지 못할 것이다.

"어제는 하루 종일 집에 있었어요. 일을 했습니다."

"증명할 수 있으면 좋겠는데요."

형사가 눈을 흘낏 치켜뜨고 이쪽을 봤다.

"유감스럽지만 그건 힘들겠네요. 방에 혼자 있었고, 아무도 찾아오지 않아서요."

"정말 아쉽군요."

형사는 바쁘신데 죄송했습니다, 하고는 자리를 떴다.

이날 저녁, 예상한 대로 후유코가 집으로 왔다. 달려왔나 싶을 정도로 숨소리가 거칠었다. 나는 워드프로세서를 켜놓기만 했을 뿐 한 줄도 쓰지 못한 상태로 이제 막 맥주를 마시기 시작한 참이었다. 캔 맥주를 마시기 전에 울었다. 한바탕 울고 났더니 맥주 생각이 났던 것이다.

"들었어?"

후유코가 내 얼굴을 보며 말했다.

"형사가 왔었어."

내 대답에 후유코는 조금 놀란 것처럼 보였으나 이내 당연한 일로 받아들인 듯했다.

"뭐 짚이는 거라도 있어?"

"그런 건 없지만, 누군가가 그를 노렸다는 건 알고 있어."

눈과 입을 동그랗게 뜨고 벌린 후유코에게 그저께 가와즈 마사유키와 나눈 대화를 들려주었다. 후유코도 형사와 마찬가지로 자못 아쉽다는 듯 고개를 흔들었다.

"무슨 방도를 취하지 않았어? 경찰에 신고한다던가?"

"몰라. 하지만 그가 경찰에 신고를 하지 않은 데는 나름대로 이유가 있을지도 모르지."

후유코는 또 고개를 절레절레 흔들었다.

"그런데 정말 뭐 짚이는 거 없어?"

"없어. 다만……."

여기서 말을 끊었다가 다시 이었다.

"다만 내가 그에 대해 아무것도 모른다는 걸 깨달았어."

"으음……."

후유코는 낙담한 것처럼 보였다. 낮에 봤던 형사와 똑같은 표정이었다.

"아까부터 쭉 그에 대해 생각해봤어. 그런데 아무것도 모르겠더라. 우린 둘 사이에 선을 그어놓고, 서로 그 선을 넘지 않으려고 노력하며 사귀었던 것 같아. 그런데 이번 사건은 그의 영역에서 일어난 거야."

마시겠냐고 묻자 후유코가 고개를 끄덕였다. 맥주를 가지러 부엌으로 갔다. 등 뒤에서 후유코의 목소리가 날아왔다.

"그가 한 이야기 중 기억에 남는 건 없어?"

"요즘에는 많은 이야기를 나누지 않아서."

"그래도 무슨 이야기든 했을 거 아니야? 설마 만나자마자 곧장 침대로 직행한 건 아닐 거 아니야."

"뭐, 비슷했어."

그렇게 말하는 사이 표정이 조금 굳어졌다.

이틀 뒤, 그의 장례식이 치러졌다. 나는 후유코가 운전하는 아우디를 타고 시즈오카에 있는 그의 집으로 갔다. 의외로 고속도로가 텅텅 비어 있어 도쿄에서 그의 집까지 두 시간밖에 걸리지 않았다.

그의 집은 주변에 울타리가 쳐져 있고 그 안에 넓은 마당이 있는 2층짜리 목조 주택이었는데, 마당은 텃밭으로 이용하고 있었다.

문 옆에서는 예순을 조금 넘긴 백발의 부인과 키가 크고 마른 젊은 여성이 조용히 서서 손님을 맞고 있었다. 아마도 그의 어머니와 여동생일 것이다.

조문객은 그의 친척들이 절반, 일과 관련된 사람들이 절반 정도 되는 것 같았다. 그렇게 단언할 수 있는 것은 출판 관계자들의 모습이 일반인들과 확연히 달라 보였기 때문이다. 후유코가 그중에서 아는 사람을 발견하고 말을 걸었다. 가와즈 마사유키의 담당 편집자라면서 후유코는 피부가 검고 배가 조금 나온 다무라라는 남자를 소개해주었다.

"그런데 놀랄 일이 있어요."

다무라가 둥근 얼굴을 천천히 흔들면서 말했다.

"부검 결과, 시체가 발견되기 전날 밤에 이미 살해됐다는군요. 독살이래요."

"독살?"

처음 듣는 이야기였다.

"농약의 일종이라더군요. 그걸로 죽인 후 해머 같은 걸로 머리를 내리쳤다고 하네요."

"……."

무언가가 가슴에 차올랐다.

"그날 밤 단골식당에서 밥을 먹었다는데, 그때 먹은 음식의 소화 상태로 사망 시각을 꽤 정확하게 추정했다는군요. 아, 이런 건 더 잘 아시겠지요?"

나는 아, 예, 뭐, 하고 애매하게 얼버무린 후 "그럼 추정 시각은 몇 시래요?" 하고 물어봤다.

"10시부터 12시 사이라고 들었습니다. 그런데 사실 그날, 제가 그를 불러내려 했어요. 시간이 있으면 한잔하자고. 그런데 약속이 있다고 거절하더군요."

"가와즈 씨가 누군가와 만날 약속을 했다는 거야?"

이번에는 후유코가 물었다.

"그런 것 같아. 이럴 줄 알았으면 누구하고 만나기로 약속한 건지 물어볼 걸 그랬어."

다무라는 사뭇 아쉽다는 듯 말했다.

"경찰에 이야기하셨어요?"

내가 물었다.

"물론이죠. 그랬더니 형사들도 그때 약속한 상대를 찾으려고 하는 것 같았어요. 하지만 지금으로서는 뾰족한 실마리가 없는 것 같더군요."

그리고 입술을 깨물었다.

분향을 마치고 돌아가려는데 이십 대 중반의 여성이 다가와 다무라 씨에게 인사했다. 여자치고는 어깨가 딱 벌어져 남자 같았는데 헤어스타일도 짧았다.

다무라가 그 여성과 인사를 나눈 후 "최근에 가와즈 씨하고 만난 적 없어요?" 하고 물었다.

"예. 그 이후 함께 일한 적은 없어요. 가와즈 씨도 저하고 호흡이 잘 안 맞는다고 생각했을 거예요."

남자처럼 보이는 여자는 실제로도 터프했다. 다무라하고는 그리 친하지 않은지 그 정도에서 대화를 마치고 우리에게 살짝 눈인사를 하고는 자리를 떴다.

"카메라맨 니자토 미유키입니다."

그 여자가 사라진 뒤 다무라가 나지막한 목소리로 알려줬다.

"전에 가와즈 씨하고 같이 일한 적이 있죠. 각 지역을 돌아다니며 가와즈 씨가 기행문을 쓰고, 저 사람이 사진을 찍는 기획이었죠. 잡지에 연재했는데 얼마 안 가 그만뒀습니다."

그리고 1년 전이었지요, 하고 덧붙였다.

가와즈 마사유키 대해 아무것도 모르고 있었다는 사실을 다시 한번 실감했다. 어쩌면 앞으로 그에 대해 더 많은 것들을 알게 될지도 모르겠다. 하지만 그런 게 도대체 무슨 소용이란 말인가?

- 5 -

장례식을 치르고 이틀이 지난 저녁, 오랜만에 일을 하고 있는데 컴퓨터 옆에 놓인 전화기가 울렸다. 수화기를 들자 진공관 속에서 이야기하는 것 같은 조그만 목소리가 들려왔다. 내 귀가 이상한 게 아닐까 생각될 정도였다.

"죄송하지만 좀 더 크게 말씀해주시면 안 될까요?"

그때 갑자기 "아!" 하는 소리가 귀에 꽂혔다.

"이 정도면 될까요?"

젊은 여자 목소리였다. 약간 허스키해서 어지간해서는 알아듣기 어려웠다.

"예. 괜찮습니다. 누구세요?"

"아, 예……. 저는 가와즈 사치요라고 합니다. 마사유키의 여동생입니다."

"아, 예."

나는 장례식 때를 떠올렸다. 그때는 인사만 나누고 지나쳤다.

"지금 오빠 방에 와 있습니다. 저기, 짐을 싸려고요."

여전히 알아듣기 힘든 목소리로 말을 이었다.

"그러세요? 제가 뭐 도와드릴 거라도?"

"아뇨. 괜찮습니다. 금방 될 거예요. 오늘은 정리만 하고 내일 이삿짐센터에 맡기려고요. 그런데 전화를 한 건 다름 아니라, 상의 드릴 게 있어서요."

"상의요?"

"예."

이야기는 이랬다. 마사유키의 짐을 정리하려는데 옷장 안에서 방대한 양의 자료와 스크랩이 나왔다는 것이다. 그것들 역시 고향에 가져가려 했지만, 가까웠던 분에게 도움이 된다면 드리는 편이 오빠도 기뻐할 것 같다고 했다. 그래서 혹시 필요하다면 지금 택배로 보내겠다고 말했다.

물론 나로서는 고마운 일이었다. 프리랜서 작가로서 많은 분야에 도전했던 그의 자료라면 내겐 보물이나 다름없다. 게다가 생전의 그에 대해 조금이라도 더 알 수 있을지 모른다. 나는 곧바로 승낙했다.

"그럼 보내겠습니다. 지금 바로 보내면 오늘 접수 마감 시간 안에 접수할 수 있을 거예요. ……그런데, 그 밖에 더 필요하신 건 없나요?"

"필요한 거라뇨?"

"그러니까…… 이 방에 두고 가신 거라든가, 오빠 물건 중에 보관하고 싶으신 게 있는지 해서요."

"두고 온 물건은 없습니다만."

그렇게 말하며 테이블 위에 놓인 핸드백을 쳐다봤다. 거기에 그의 방 열쇠가 들어 있었기 때문이다.

"드리지 못한 게 있습니다."

열쇠에 대해 말하자 가와즈 마사유키의 여동생은 우편으로 부쳐주면 된다고 했다. 하지만 역시 직접 가는 게 낫겠다는 생각이 들었다. 우편으로 부치면 시간이 많이 걸리는 데다 마지막으로 죽은 애인의 방에 한번 가보는 것도 나쁘지 않을 것 같았다. 어쨌든 두 달이나 사귀었으니.

"그럼, 기다리겠습니다."

여동생의 목소리는 끝까지 작았다.

◆◆◆

그가 사는 맨션은 기타신주쿠에 있었다. 1층 102호가 그의 방이다. 초인종을 누르자 장례식 때 봤던 마르고 키가 큰 여성이 나왔다. 희고 갸름한 얼굴에 콧날이 오뚝했다. 미인형 얼굴이 틀림없는데 지나치게 수수한 인상 때문에 타고난 미모가 묻혀버리고 말았다.

"일부러 여기까지 와주시고……. 죄송하네요."

여동생은 인사를 하며 슬리퍼를 가지런히 내주었다.

구두를 벗고 슬리퍼로 갈아 신었을 때, 안에서 소리가 나더니 이어서 누군가가 나타났다.

내 기억이 틀림없다면, 얼굴을 내민 사람은 장례식 때 만난 여성 카메라맨 니자토 미유키였다. 눈이 마주치자 상대가 머리를 숙이는 바람에 순간 당황스럽긴 했지만 나도 머리를 숙여 인사했다.

"오빠와 함께 일하셨다고 해서요."

마사유키의 여동생이 말했다.

"니자토 씨하곤 얼마 전에 뵀어요. 신세를 졌다며 이사를 돕게 해달라고 하셨어요."

이어서 니자토에게 나를 소개했다. 오빠의 애인, 추리작가…….

"안녕하세요?"

미유키는 장례식 때와 마찬가지로 걸걸한 목소리로 인사한 후 다시 방으로 들어갔다.

"이사 소식을 저분한테도 알리셨어요?"

미유키의 모습이 완전히 사라진 후 나는 사치요에게 물었다.

"아뇨. 그냥 오늘 아니면 내일이겠거니 짐작하고 오셨대요."

"아, 예……."

왠지 이상하다는 의문을 안은 채 애매하게 머리를 끄덕였다.

방은 거의 치워져 있었다. 책장의 책들은 이미 반쯤 상자에 들어갔고 찬장은 비어 있었다. TV와 스테레오는 전선줄만 빼놓은 상태였다.

거실 소파에 앉자 사치요가 차를 내왔다. 그 정도의 식기는 남겨놓은 듯싶었다. 이어서 마사유키의 방에 틀어박힌 니자토 미유키에게도 차를 가져다주었다.

"오빠한테 이야기는 자주 들었어요."

사치요가 내 맞은편에 앉으며 말했다. 차분한 말투였다.

"일을 아주 잘하는 멋진 분이라고 했어요."

상당히 낯간지러운 소리였지만 악의는 없었다. 얼굴이 조금 달아올랐다.

나는 사치요가 타온 차를 한 모금 마신 후 "오빠하곤 자주 대화를 나누셨나요?" 하고 물었다.

"예. 일주일이나 이주일에 한 번 정도는 집에 내려왔으니까요. 오빠는 일 때문에 여기저기 돌아다녔는데, 그런 이야기를 듣는 게 저와 엄마의 큰 즐거움이었죠. 저는 근처 은행에서 일하기 때문에 다른 세상은 전혀 모르거든요."

그렇게 말하고 사치요도 차를 마셨다. 아주 작은 목소리는 타고난 모양이었다.

"이걸 돌려드려야 할 것 같아서요."

핸드백에서 열쇠를 꺼내 테이블 위에 놓았다. 사치요는 물끄러미 그 열쇠를 쳐다본 후 "오빠와 결혼할 생각이셨어요?" 하고 물었다. 곤란한 질문이지만 대답하지 않을 수 없었다.

"그런 말은 해본 적 없어요. 서로 상대를 구속하지 않으려 했죠. 그러면 서로에게 마이너스가 된다는 걸 잘 알고 있었으니까요. 게다가…… 그래요, 아직 서로를 충분히 몰랐고."

"몰랐다고요?"

의외라는 표정이었다.

"예. 잘 몰랐어요. 정말 아무것도. 그래서 그가 왜 살해당했는지 전혀 모르겠어요. 짚이는 데도 없어요. 그의 과거와…… 어떤 일을 하는지도 물어본 적이 없고……."

"그랬어요? 일에 대해서도 이야기하지 않았어요?"

"말해주지 않았어요."

그렇게 대답하는 게 더 정확했다.

"아! 그럼."

사치요는 자리에서 일어나 짐 쪽으로 가더니 귤 상자 크기만 한 상자에서 종이 묶음 같은 걸 꺼내왔다. 그리고 내 앞에 놓았다.

"최근 6개월 동안의 스케줄표인 것 같아요."

거기에는 이런저런 스케줄이 빼곡하게 적혀 있었다. 출판사와의 미팅, 취재 등이 특히 많아 보였다.

문득 떠오르는 게 있어 최근 스케줄을 찾아봤다. 혹시 나하고의 데이트 계획도 적혀 있을지 모른다.

그가 살해되기 직전을 보니, 역시 나와 만나기로 한 가게 이름과 시간이 메모되어 있었다. 마지막으로 그와 만난 날이었다. 그것을 보고 있자니 갑자기 온몸에 소름이 돋았다.

이어서 나의 시선을 끈 것은 그날 낮 스케줄 칸에 갈겨쓴 글씨였다. 거기에는 이렇게 적혀 있었다.

16:00 야마모리 스포츠플라자.

야마모리 스포츠플라자라면 마사유키가 회원으로 있던 스포츠센터다. 그는 때때로 그 헬스클럽에서 땀을 흘렸다. 그 정도는 나도 알고 있다.

하지만 마음에 걸리는 점이 있었다. 그는 최근 발을 다쳐 헬스클럽에 다니지 못했다. 그날 갑자기 다 나았을 리가 없었다.

"왜 그러세요?"

내가 잠자코 있자 가와즈 마사유키의 여동생이 걱정스럽게 쳐다봤다. 나는 고개를 흔들며 대답했다.

"아뇨. 아무것도 아닙니다."

아무 일도 아닐지 모르지만, 지금의 나로서는 어떤 것도 자신할 수 없는 상황이었다.

"이거, 빌려가도 될까요?"

스케줄표를 보이며 물었다.

"그러세요."

사치요는 웃으며 대답했다.

얘깃거리가 끊겨 둘 사이에 약간의 침묵이 흐르고 있을 때, 마사유키의 서재에서 니자토 미유키가 나왔다.

"저기요, 가와즈 씨의 책들은 저게 다인가요?"

미유키의 말투에서 의아함과 약간의 초조함이 섞여 있는 게 감지되었다.

"예, 그런데요."

사치요가 대답하자 여성 카메라맨은 고개를 숙인 채 잠시 망설이더니 무슨 결심이라도 한 듯 고개를 들었다.

"저런 책 말고 일과 관련된 자료나 스크랩은 없었나요?"

"일?"

"보고 싶은 자료라도 있으세요?"

내가 물었다. 그러자 미유키의 시선이 날카롭게 바뀌면서 이쪽을 향했다.

나는 계속 말했다.

"사치요 씨에게 그의 자료를 전부 제가 받기로 했어요. 그래서 이미 저한테 보내셨는데요."

"보냈다고요?"

미유키가 눈을 더욱 치켜뜨고 사치요를 봤다.

"정말이에요?"

"예."

사치요가 대답했다.

"그게 최선이라고 생각해서……. 그런데 뭐가 잘못됐나
요?"

미유키가 가볍게 아랫입술을 깨무는 게 보였다. 잠깐 그러
고 있다 나를 봤다.

"그럼 짐은 내일 댁으로 배달되겠네요?"

"글쎄요. 그럴 것 같은데……."

내가 쳐다보자 사치요가 머리를 끄덕이며 니자토 미유키에
게 대답했다.

"같은 도쿄 안이니까 아마 내일 도착할 거예요."

"그렇군요……."

미유키는 우두커니 선 채 눈을 내리깔고 한참을 생각하더
니 나를 보며 말했다.

"실은 가와즈 씨의 자료 중에서 봐야 할 게 있습니다. 일 때
문에 꼭 필요해서……."

"아, 예……."

왠지 석연치 않은 느낌이 들었다. 그렇다면 그 자료를 얻기

위해 청소를 도우러 왔다는 얘긴가? 그럼 처음부터 그렇게 말하면 되지 않았을까? 하지만 나는 그 얘긴 입 밖에 내지 않고 이렇게 말했다.

"그럼 내일 저희 집으로 오시겠어요?"

미유키의 표정에 희미하게나마 안도감이 퍼졌다.

"괜찮겠어요?"

"저는 괜찮습니다. 그 자료가 바로 필요한 건가요?"

"아뇨. 내일 중이면 상관없어요."

"그럼 내일 저녁 때 들르세요. 그때쯤이면 틀림없이 짐이 도착할 거예요."

"정말 죄송합니다."

"천만에요."

우리는 약속 시간을 정했다. 그런데 시간을 정한 다음 니자토 미유키가 이렇게 덧붙였다.

"이런 말씀 드려서 죄송한데요, 제가 갈 때까지 짐을 풀지 말아주세요. 뒤죽박죽 되어버리면 찾기가 힘들 테니까요."

"아, 예……. 알겠습니다."

이것 역시 이상한 요구였지만 일단 받아들이기로 했다. 그의 자료를 곧바로 어디에 이용할 생각도 없었다.

더 이상 할 이야기도 없고 조금 생각할 것도 있어서 일어섰다. 방을 나올 때 니자토 미유키가 다시 한번 약속 시간을 확인했다.

- 6 -

이날 밤, 후유코가 화이트와인 한 병을 가져왔다. 회사가 가깝기도 해서 퇴근길에 종종 들렀고, 그대로 자고 가는 경우도 많았다.

우리는 훈제 연어와 함께 와인을 마셨다. 후유코는 싼 거라고 했지만 맛은 괜찮은 편이었다.

와인이 4분의 1쯤 남았을 때 자리에서 일어나 컴퓨터 옆에 놓아뒀던 종이 묶음을 가져왔다. 마사유키의 방에서 빌려온 스케줄표였다.

후유코에게 낮에 있었던 일을 이야기하고 스케줄표 한쪽을 손가락으로 가리켰다.

"여기가 마음에 걸려."

바로 '16:00 야마모리 스포츠플라자'라고 적힌 곳이었다.

"가와즈 씨가 스포츠센터에 다니는 건 알고 있었잖아."

그게 뭐가 문제냐는 얼굴로 후유코가 나를 쳐다봤다.

"이상해."

나는 스케줄표를 넘겼다.

"이걸 보면, 여기 말고는 스포츠센터에 갈 계획을 적은 게 없어. 전에 들은 적이 있는데, 그 사람은 운동하는 날을 따로 정해놓지 않는다고 했어. 그냥 시간이 나면 간다고 했어. 게다가 요즘은 다리를 다쳐서 운동을 쉬고 있었거든."

"그래?"

후유코는 콧방귀까지 뀌며 고개를 갸웃했다.

"그렇다면 이상하네. 그럼 뭐, 생각나는 거라도 있어?"

"응. 그래서 아까부터 생각했는데, 이건 어쩌면 미팅 약속일지도 몰라."

후유코는 여전히 고개를 기울였고, 나는 말을 계속했다.

"즉 4시에 야마모리 스포츠플라자에 운동을 하러 간다는 게 아니고, 야마모리라는 사람과 스포츠플라자에서 만나기로 했다는 거 아닐까?"

그의 다른 기록을 보면 '13:00 야마다 XX사' 처럼 시간, 이름, 장소 순으로 기록한 경우가 많았다. 그래서 이 기록도 같은 식으로 해석해본 것이다.

"그럴지도 모르겠네."

후유코는 고개를 두세 번 끄덕인 후 말을 이었다.

"야마모리라면 그 스포츠플라자 사장일지도 모르겠네. 취재 때문이었을까?"

"그렇게 생각하는 게 자연스럽지만……"

조금 망설인 다음 과감하게 말했다.

"그런 것 같지는 않아. 너한테 말했지? 그 사람이 누군가 자신을 노리고 있다는 말을 나한테 한 적이 있다고."

"응. 들었어."

"그때 그 사람은 이렇게 말했어. '그럴 생각이 아니었는데 말해버렸네. 낮에 했던 이야기 때문인가?'라고."

"낮에 했던 이야기? 그게 뭐야?"

"나도 모르지. 별것 아니라고 말했거든. 하지만 어쩌면 그날 낮에 나한테 했던 이야기를 누군가와 했을지도 몰라."

"그날이 이······."

후유코는 턱으로 스케줄표를 가리켰다.

"16시, 야마모리······라고 적힌 날이라는 거지?"

"응."

후유코가 슬픈 눈으로 나를 쳐다보며 말했다.

"지나친 생각 같다는 느낌이 드는데."

"그럴지도 몰라."

나는 솔직히 인정했다.

"하지만 마음에 걸리는 건 분명히 해두고 싶어. 내일 스포츠플라자에 전화해볼까?"

"야마모리 사장을 만나려고?"

"만나준다면 말이야."

후유코는 잔에 남은 와인을 다 마시고 나서 후, 하고 긴 한숨을 내쉬었다.

"조금 의외네. 이렇게 열심히 매달릴 줄은 몰랐어."

"그런가."

"그렇다니까."

"그 사람을 좋아했거든."

그리고 나는 남은 와인을 잔 두 개에 나눠 따랐다.

2장

스포츠
플라자

無人島より敬意を込めて

내 방에서 잔 후유코는 다음 날 아침, 야마모리 스포츠플라자에 취재 신청 전화까지 해주었다. 출판사 이름을 대야 상대도 안심할 거라고 생각했기 때문이다.

취재에는 흔쾌히 오케이 사인이 떨어졌지만 사장을 만나고 싶다는 요구에는 잠깐 망설이는 것 같았다.

"사장님 말씀을 들을 수 없을까요? 작가 선생님이 직접 만나고 싶다고 하셔서요."

작가 선생님이란 나를 두고 하는 말이었다.

후유코는 잠깐 있다 내 이름을 댔다. 아무래도 상대방이 작가 이름을 물은 것 같다. 그다지 유명한 작가가 아니라 아마 모를 텐데……. 이름 없는 작가라 거절당할지도 모른다고 생각하니 조금 불안해졌다.

하지만 그 불안을 씻듯 후유코의 표정이 밝아졌다.

"그러세요? 예, 그럼 잠깐만 기다려주세요."

후유코는 송화기를 손으로 막고 조그맣게 말했다.

"오늘이라면 괜찮다는데. 어때?"

"나도 좋아."

후유코는 상대방과 시간을 정했다. 오늘 낮 1시에 안내 데스크로 가기로 했다.

"야마모리 사장이 네 이름을 알고 있는 것 같아."

전화를 끊고 브이 자 사인을 하며 후유코가 말했다.

"어쩌면 모르면서도 스포츠센터에 홍보가 될까 싶어 만나기로 한 거 아닐까?"

"그런 거 같진 않던데."

"기분 탓인가?"

나는 입술 끝을 조금 삐죽댔다.

스포츠센터까지는 한 시간이면 충분했지만 늦지 않기 위해 점심 전에 나가기로 했다. 그런데 신발에 발을 막 넣으려고 할 때 초인종이 울렸다.

문을 열자 감색 티셔츠가 땀에 흠뻑 젖어 무척 지저분해 보이는 남자가 멍하니 서서는 무뚝뚝한 목소리로 "택배요." 하고 운을 뗐다. 사치요가 보낸 짐이 일찍 도착한 모양이다. 나는 한쪽만 신은 신발을 벗고 도장을 가지러 갔다.

짐은 귤 상자보다 두 배는 더 커 보이는 종이상자 두 개였다. 촘촘하게 둘러친 비닐테이프에서 사치요라는 사람의 꼼꼼한 성격이 그대로 드러났다.

"무거워 보이네요."

상자를 보며 내가 말했다.

"꽤 무겁습니다. 책인 것 같은데, 이런 종류는 꽤 무겁죠."

"좀 도와드릴까요?"

"괜찮습니다."

택배기사가 짐을 안으로 옮겨주었다. 정말 무거웠다. 무슨 쇳덩어리라도 들어 있는 게 아닐까 싶을 정도였다.

두 번째 상자를 들려는 순간, 내 시선 끝에 뭔가 움직이는 게 걸렸다.

뭐지?

반사적으로 고개를 돌렸다. 복도 끝에서 뭔가가 사라지는 걸 순간적으로 본 것 같았다.

손길을 멈추고 그쪽을 보고 있는데, 사람 얼굴이 슬쩍 눈에 들어왔다. 안경을 끼고 있는 건 분명했다.

"저기요."

나는 택배기사의 팔을 살짝 건드렸다.

"저쪽 그늘에 누가 서 있는 것 같은데, 아저씨가 올 때도 있었나요?"

"예?"

택배기사가 눈을 크게 뜨고 그쪽으로 고개를 돌렸다. 그리고 뭔가를 생각하더니 고개를 끄덕였다.

"아! 있었어요. 이상한 할아버지가 서 있었습니다. 짐수레로 상자를 옮기고 있는데 뚫어져라 쳐다봤습니다. 그래서 노려봤더니 시선을 피하더군요."

"할아버지가?"

나는 다시 한 번 복도 끝을 본 후 옆에 있던 샌들을 신고 잰걸음으로 다가갔다. 하지만 거기에는 이미 아무도 없었다. 엘리베이터는 아래로 내려가고 있었다.

방으로 돌아오자 후유코가 불안한 표정으로 나를 맞았다.

"어떻게 됐어?"

"아무도 없어."

나는 곧바로 택배기사에게 노인의 용모에 대해 물었다. 그가 조금 고개를 갸웃하더니 말했다.

"특별할 것 없는 할아버지였어요. 머리는 하얗고 키는 보통이고. 옷차림은 괜찮았어요. 옅은 밤색 윗도리를 입고 있었는데 얼굴은 잠깐밖에 보지 못해서 모르겠습니다."

고맙다고 말한 뒤, 택배기사를 보내고 현관문을 닫았다.

"후유코한테는 할아버지 친구 같은 거 없지?"

말을 꺼내고 보니 변변치 않은 농담처럼 들렸다. 후유코도 그 말에는 대답하지 않고 "뭘 보고 있었던 걸까?" 하며 심각한 의문을 던졌다.

"만약 내 방을 지켜본 거라면 나한테 용건이 있는 거겠지."

무엇보다 그 할아버지가 정말 내 방을 봤는지조차 확실하지 않았다. 산책하다 우연히 지나친 건지도 모른다. 맨션의

좁은 복도를 산책한다는 것도 좀 이상하긴 하지만.

"그런데 이 큰 짐들은 뭐야?"

후유코가 상자들을 가리키며 물었다. 나는 상자의 내용물에 대해 설명했다. 말이 나온 김에 오늘 니자토 미유키가 집에 올 거라는 것도 덧붙였다. 오늘 밤 오기로 약속했으니 그때까지는 집에 와야 한다.

"가와즈 씨의 과거가 이 안에 담겨 있는 거네."

후유코가 가슴 사무친 목소리로 말했다. 그 말을 들으니 곧장 상자를 풀고 싶은 충동이 솟았지만 미유키와 한 약속도 있어서 참기로 했다. 게다가 무엇보다 지금 나가지 않으면 약속 시간에 늦는다.

방을 나와 엘리베이터에 오른 순간, 문득 아까 그 할아버지가 누군가를 본 게 아니라 배달 온 짐을 본 게 아닐까 하는 생각이 들었다.

◆◆◆

지하철을 타고 스포츠센터로 가는 동안, 후유코가 야마모리 다쿠야 사장에 관한 정보를 들려주었다. 예비 지식이 전혀 없으면 곤란한 일이 생길지도 모른다며 오늘 아침 서둘러 조사한 내용이다.

"다쿠야의 장인이 야마모리 히데타카야. 야마모리 그룹의 일족이지. 그러니까 다쿠야는 데릴사위인 셈이야."

야마모리 그룹은 전철 회사를 중심으로 성장했고 최근에는 부동산에도 주력하고 있었다.

"학창 시절 수영선수였던 다쿠야는 올림픽 출전을 꿈꾸기도 했대. 대학과 대학원에서 운동생리학을 전공했고, 졸업 후 야마모리 백화점에 입사했어. 백화점에서 그를 채용한 이유는, 당시 스포츠센터를 시작하려던 백화점 측에서 전문 스태프가 필요했기 때문이야. 그는 회사의 기대만큼 꽤 일을 잘했나봐. 그의 아이디어와 기획이 매번 성공해 적자를 각오하고 시작한 스포츠센터가 엄청난 이익을 가져다주었대."

수영선수로는 성공하지 못했지만 사업가로서는 일류가 되었다는 소리다.

"서른 살 때 히데타카 부사장의 딸과 만나 결혼. 그다음 해에 스포츠센터가 야마모리 스포츠플라자로 독립. 그로부터 8년 뒤, 그곳의 실질적인 경영을 맡은 사장으로 취임했어. 그게 재작년 일이야."

"전형적인 성공 스토리네."

나는 솔직한 느낌을 이야기했다.

"사장에 취임한 후에도 정열적으로 일하고 있어. 홍보를 겸해 각 지역을 돌며 강연을 하고, 최근에는 스포츠 평론가 또는 교육문제 평론가라는 이름을 달고 슬슬 정치에도 눈을 돌리기 시작했다는 소문이야."

"상당히 욕심이 많은 사람이네."

내가 말했다.

"하지만 적도 많은 것 같아."

후유코가 우려 담긴 눈빛을 드러냈을 때, 우리가 내릴 역에 전차가 도착했다.

야마모리 스포츠플라자는 헬스클럽에 피트니스 스튜디오, 실내 수영장과 테니스 코트까지 완비된 스포츠 종합시설이었다. 빌딩 옥상에는 골프 연습장도 있었다.

1층 안내 데스크에서 용건을 밝히자 머리 긴 아가씨가 2층으로 가라고 알려줬다. 2층은 헬스장인데, 그 안쪽에 사무실이 있다고 했다.

"요즘은 이런 장사가 제일 돈을 많이 벌지."

에스컬레이터에서 후유코가 말했다.

"물건이 남아도는 세상이잖아. 원하는 건 누구나 쉽게 손에 넣을 수 있지. 그러니 건강하고 아름다운 신체에 신경을 쓰는 거야. 요즘 사람들은 남아도는 시간을 어떻게 써야 할지 도통 모르잖아. 결국 이런 데를 다니면 마치 자신이 시간을 잘 쓰고 있는 것 같은 안도감을 느끼게 된다는 거지."

"일리 있는 말이네."

나는 감탄하며 고개를 끄덕였다.

안내 데스크 아가씨가 말한 대로 2층은 헬스장이었다. 상당히 넓었는데, 그 크기를 가늠하지 못할 정도로 사람이 많았다. 바로 앞에서는 뚱뚱한 중년 아저씨가 가슴 근육을 키우는 피트니스 머신 앞에서 악전고투하고, 그 건너편에서는 아주머니가 뛰고 있었다. 그 아주머니는 머리에 타월을 두르고 열심히 다리를 움직였는데, 몸은 조금도 앞으로 나아가지 않았다. 자세히 보니 굵은 컨베이어 벨트 같은 기계 위를 달리고 있어서 몸이 움직이지 않았던 것이다.

자전거를 타는 뚱뚱한 부인도 있었다. 물론 이것도 평범한 자전거가 아니라 바닥에 고정되어 앞쪽의 금속판만 도는 것이었다. 그 여자는 마치 철인 3종 선수처럼 필사적으로 움직이고 있었다. 발전기를 설치하면 이곳 한 층 정도의 전기료는 감당할 수 있을 것처럼 보였다.

수많은 사람이 끙끙대며 뜨거운 땀과 거친 호흡을 방출하는 공간을 지나자 에어로빅 스튜디오가 나왔다. 큰 유리창 너머로 안을 들여다볼 수 있었다. 화려한 에어로빅 옷을 입은 여자 서너 명이 강사의 구령에 맞춰 춤을 추고 있었다.

"재미있는 걸 발견했어."

걸으면서 내가 말했다.

"학교 교실하고 똑같아. 선생님 근처에 있는 사람이 잘하네."

왼쪽에 있는 레슨 룸을 보며 복도를 걸으니 막다른 곳에 문이 있었다. 문을 열자 책상 열 개가 두 줄로 놓여 있고, 그와 똑같은 숫자의 사람들이 서거나 앉아서 일을 하고 있었다. 책상 위에 컴퓨터 키보드가 놓여 있는 이곳은 여느 평범한 사무실과 비슷해 보였다.

후유코는 모두 바빠 보이는 사람들 중에서 바로 앞에 앉아 있는, 차분한 분위기의 여자에게 용건을 알렸다. 이십 대 중반쯤 되는 나이에 굵은 웨이브 파마를 하고 엷은 파란색 블라우스를 입은 여자가 웃으며 고개를 끄덕이고는 옆에 있던 수화기를 들고 버튼 몇 개를 눌렀다. 곧바로 상대가 받은 듯 여자가 우리의 방문을 알렸다.

하지만 곧바로 만날 수는 없었다.

사무직원인 그 여자가 약간 곤란한 표정으로 우리를 봤다.

"죄송합니다만 급한 일이 있어서 지금 바로 만나실 수는 없다고 하십니다. 한 시간 정도 걸린다고 하시는데요."

우리는 서로의 얼굴을 마주봤다.

"저기, 그래서 말인데요."

사무 여직원이 더 조심스럽게 입을 열었다.

"기다리시는 동안 여기 시설을 직접 체험해보셨으면 한다고 사장님께서 말씀하셨습니다. 그리고 그 느낌을 나중에 말씀해주시면 좋겠다고."

"예? 그런데 아무 준비도 못해서."

당황해서 서둘러 말하자 그 여자는 이미 알고 있다는 얼굴로 끄덕였다.

"운동복이나 수영복은 모두 준비되어 있습니다. 물론 쓰시고 난 뒤에 가져가셔도 되고요."

나는 후유코의 얼굴을 보고 낭패스러운 표정을 지었다.

10분쯤 후, 우리는 실내 수영장에서 수영을 하고 있었다. 피트니스 수영복을 빌렸는데 무척 기분이 좋았다. 회원제라서 그런지 사람이 많지 않아 느긋하게 수영할 수 있었다. 화장이 지워질까봐 얼굴에 물이 닿지 않도록 조심하긴 했지만 우리는 여름 무더위를 잊고 한동안 물속에서 부지런히 손발을 움직였다.

옷을 갈아입고 화장을 손본 다음 사무실로 가자 조금 전 그 여자가 웃으며 맞아주었다.

"수영장은 어떠셨어요?"

"아주 쾌적했어요. 그런데 야마모리 사장님은?"

"예. 저쪽 문으로 들어가시면 됩니다."

여자가 안쪽 문을 가리켰다. 우리는 그녀에게 인사를 하고 그 문으로 향했다.

노크를 하자 안에서 들어오라는 남자 목소리가 들렸다. 먼저 후유코가 들어가고 내가 그 뒤를 따랐다.

"어서 오세요."

정면에 놓인 크고 고급스러운 책상 앞에 앉아 있던 남자가 일어섰다. 키는 그리 크지 않았지만 어깨가 넓어 짙은 감색 양복이 잘 어울렸다. 자연스럽게 흘러내린 앞머리와 검게 그을린 피부 때문에 꽤 젊어 보였지만 나이는 마흔을 넘겼을 것이다. 두꺼운 눈썹과 약간 치켜 올라간 입술이 강인한 인상을 주었다.

"죄송합니다. 급하게 처리할 일이 생겨서요."

쩌렁쩌렁한 목소리로 남자가 말했다.

"아닙니다."

우리는 나란히 고개를 숙여 인사했다.

건너편 왼쪽 책상에 하얀 정장을 입은 여자가 있었다. 아마도 비서일 것이다. 고양이처럼 약간 올라간 눈매를 지녀 조금은 기가 세 보였다.

우리가 이름을 밝히자 그도 명함을 주었다. 거기에는 '야마모리 스포츠플라자 사장 야마모리 다쿠야'라고 적혀 있었다.

"이게 작가님의 최신작입니다."

후유코가 가방에서 내가 최근 출간한 책을 꺼내 그에게 건넸다.

"그렇군요."

그는 도자기를 어루만지듯 이리저리 살펴보더니 표지와 내 얼굴을 번갈아 봤다.

"추리소설은 오랜만이네요. 아주 예전에 셜록 홈스를 읽은 뒤로 처음입니다."

할 말을 찾지 못해 나는 잠자코 있었다. 꼭 읽어보라고 할 정도의 작품도 아니고, 그렇다고 읽지 말라고 하는 것도 좀 이상했다.

야마모리 사장이 방 한가운데 놓인 소파에 앉으라고 권해 나는 후유코와 나란히 앉았다. 굉장히 편한 가죽소파였다.

"그런데 뭘 알고 싶으신 건가요?"

야마모리 사장이 온화한 표정과 말투로 물었다. 나는 후유코와 미리 상의한 대로, 소설을 구상 중인데 스포츠센터를 소재로 쓰고 싶어서 운영 방식이나 회원에 대해 알고 싶다고 대답했다. 갑자기 가와즈 마사유키에 대해 언급하면 이상하게 여길 거라고 생각했기 때문이다.

이어서 센터 경영이나 운영에 대해 생각나는 대로 질문했다. 야마모리 사장은 질문 하나하나에 친절하게, 그리고 때때로 농담을 섞어 설명해주었다. 도중에 비서가 커피를 내려놓고 곧장 밖으로 나갔다. 자리를 피해달라고 미리 이야기를 해놓았을지도 모른다.

나는 잠시 여유를 갖기 위해 커피를 한 모금 마시고 되도록 자연스럽게 본론으로 들어갔다.

"그런데…… 최근에 가와즈 씨하고도 만나셨죠?"

갑작스러운 질문이라고 생각했는데 야마모리 사장의 표정에는 전혀 변화가 없었다. 계속 입가에 미소를 지은 채 "가와즈 마사유키 씨 말입니까?" 하고 되물었다.

"예."

그렇게 대답하자 나를 보는 그의 눈에 변화가 생기는 것 같았다.

"가와즈 씨하곤 아는 사이신가요?"

그가 물었다.

"예, 조금요. 그런데 그 사람이 가지고 있던 스케줄표에 야마모리 사장님과 만날 약속이 적혀 있어서요."

"그랬군요."

야마모리 사장은 천천히 고개를 끄덕였다.

"예, 지난주에 만났습니다. 마찬가지로 취재 이야기였습니다."

역시 마사유키는 여기에 왔었다.

"뭘 취재했나요?"

"스포츠 관련 산업에 대해서요."

이 말을 한 후 그는 빙긋 웃었다.

"이런 장사가 요즘 얼마나 돈을 버는지 조사하고 있다고 했습니다. 다른 사람이 생각하는 만큼 많지는 않다고 대답했지만요."

재미있다는 듯 그렇게 이야기하고 야마모리 사장은 테이블 위에 놓인 담뱃갑에서 켄트 한 개비를 꺼내 입에 물고 역시 테이블 위에 놓여 있던 크리스털로 장식된 라이터로 불을 붙였다.

"가와즈 씨하곤 전부터 아는 사이셨나요?"

그러자 그는 고개를 조금 갸웃하더니 담배를 든 채 오른쪽 새끼손가락으로 눈썹 위를 문질렀다.

"예. 저도 가끔 체육관에서 운동을 하는데 그때 자주 만났죠. 꽤 괜찮은 남자라."

"그럼 그 취재 때 혹시 개인적인 대화는 나누지 않으셨나요?"

"그야말로 세상 돌아가는 이야기 정도였죠."

"어떤 이야기였죠? 혹시 기억나는 거 없으세요?"

"사소한 이야기였습니다. 제 가족 이야기나 그의 결혼 이야기 같은 거였죠. 그 사람, 독신이에요. 알고 계신가요?"

"알고 있습니다."

내가 대답했다.

"그래요? 그때도 빨리 좋은 여자를 만나라고 잔소리를 늘어놓았죠."

거기까지 이야기하고 그는 깊이 담배를 빨아들였다가 새하얀 연기를 내뿜으며 웃었다. 그런데 그 웃음이 사라지자마자 이번에는 반대로 "그런데 그 사람한테 무슨 일이 있습니까? 소설 취재에 필요한 이야기 같지는 않은데요." 하고 물었다. 온화한 얼굴 표정에는 변화가 없었지만 눈에는 날카로운 힘이 담겨 있었다. 나는 그 시선을 피하듯 눈을 내리깔았다가 생각을 고쳐먹고 다시 고개를 들었다.

"사실 그 사람, 죽었습니다."

야마모리 사장의 입이 벌어졌다. 잠시 후 그가 "아직 젊은데, 병이 있었나요?" 하고 물었다.

"아닙니다. 살해됐습니다."

"아니……."

그는 미간을 찌푸렸다.

"언제?"

"아주 최근입니다."

"어쩌다……."

"모르겠습니다. 얼마 전 갑자기 형사가 찾아와 그 사람이 살해됐다고 알려줬습니다. 독살된 뒤 둔기로 머리를 맞고 쓰레기처럼 항구에 버려졌다고 하더군요."

예상대로 그는 대답이 궁한 모양이었다. 한참을 침묵하다 입을 열었다.

"그렇습니까? 정말 안됐군요. 얼마 전이라고요……. 그런 사실은 전혀 몰랐습니다."

"정확히 말하면, 사장님을 만나고 나서 이틀 뒤였습니다."

"그랬군요……."

"만나셨을 때 그 사람, 뭔가 말하지 않았나요?"

"뭔가, 라니?"

"예컨대 죽음을 암시하는 것 같은 말이요."

"당치 않아요."

그의 목소리가 커졌다.

"그런 이야기를 들었다면 사정을 캐묻지 않고 돌려보내지는 않았을 겁니다. ……그럼 그런 이야기를 다른 데서 했다는 말입니까?"

"아뇨, 그런 건 아닙니다만."

야마모리 사장의 눈에 의심쩍은 빛이 감돌았다.

"약간 맘에 걸리는 게 있어서요."

나는 짐짓 미소를 지었다. 너무 이 이야기에 매달리면 의심을 받게 될 것이다.

내가 다시 한 번 센터 안을 견학할 수 없겠느냐고 말하자, 야마모리 사장은 인터폰을 통해 그 뜻을 밖에 있던 비서에게 전했다. 곧바로 미녀 비서가 여자 하나를 데리고 나타났다. 조금 전 이런저런 신세를 졌던 사무직원이었다. 그 직원이 가이드를 맡을 모양이었다.

"천천히 둘러보세요."

여직원을 따라 방을 나서는 우리에게 야마모리 사장이 말했다.

안내를 맡은 여직원은 '하루무라 시즈코'라고 적힌 명함을 건넸다. 나와 후유코는 그 뒤를 따라 센터를 견학했다.

헬스장에서 이시쿠라라는 서른 살 전후의 강사를 소개받았다. 이시쿠라는 보디빌더처럼—실제로 그럴지도 모른다—한껏 부푼 온몸의 근육을 자랑이라도 하듯 딱 달라붙은 티셔츠를 입고 있었다. 중년 아주머니가 좋아할 만한 잘생긴 얼굴에 짧게 깎은 헤어스타일도 깨끗한 인상을 줬다.

"추리소설의 소재? 대단한데요."

이시쿠라가 노골적으로 값을 매기는 시선을 드러냈다.

"그 책은 꼭 읽어야겠네요. 그런데 헬스 강사가 살해되는 스토리는 쓰지 말아주세요."

이쪽은 별 생각도 없는데 신이 나서 농담을 지껄이며 크게 웃었다.

"이시쿠라 씨는 사장님 동생이세요."

헬스장에서 벗어나자 시즈코가 가르쳐주었다.

"사장님과 마찬가지로 체대를 나왔죠."

그렇다면 야마모리 다쿠야의 결혼 전 성(姓)이 이시쿠라라는 말인가? 이시쿠라 형제가 야마모리 일가에서 잘 적응하고 있다는 이야기다.

실내 테니스 코트로 가는 도중, 시즈코가 앞에서 걸어오는 두 여자에게 인사를 했다.

한 사람은 중년 부인이고 또 한 사람은 몸집이 작은 중학생 쯤 되는 여자애였다. 모녀일지도 모르겠다. 검은 원피스를 입은 부인은 상당히 관록이 있어 보였다. 얼굴보다 큰 선글라스를 끼고 있었는데 렌즈 색깔이 옅은 보라색이었다. 얼굴이 새하얀 여자애는 큰 눈망울로 부인의 등을 보고 있었다.

부인이 선글라스를 고쳐 쓰면서 "사장님은 계신가?" 하고 시즈코에게 물었다.

"예. 계십니다."

"알았어요."

부인은 살짝 고개를 끄덕인 다음 이번엔 우리를 쳐다봤다. 우리가 가볍게 고개를 숙이자 무시하고 시즈코를 바라봤다.

"저, 이분들은······."

약간 초조한 표정으로 시즈코가 우리를 부인에게 소개했다. 하지만 부인은 무미건조한 목소리로 그럼 수고해요, 하고 말할 뿐이었다.

"사장님 사모님이세요."

시즈코가 부인을 우리에게 소개했다. 왠지 그런 것 같다고 예상했던 터라 별로 놀라지 않았다.

"사장님께서 정말 친절하게 대해주셨습니다."

내가 대표로 감사 표시를 했다.

사장 부인은 거기에도 대답하지 않았다. 시즈코를 보며 남편이 방에 있다는 걸 다시 확인했을 뿐이다. 그리고 여자애의 오른손을 끌어 자신의 왼쪽 허벅지를 잡게 하고는 "자, 가자." 하고 조그맣게 속삭였다. 여자애가 고개를 끄덕였다.

사장 부인이 천천히 발을 내딛자 여자애도 그 뒤를 따랐다. 둘은 복도를 걸어갔다.

우리는 두 사람의 뒷모습을 바라보다 다시 복도를 걷기 시작했다.

"저 아가씨는 유미라고 해요."

시즈코가 목소리를 낮추고 말했다.

"야마모리 사장님의 따님인가요?"

내가 묻자 시즈코가 끄덕였다.

"태어나면서부터 눈이 좋지 않아서……. 전혀 안 보이는 건 아니었는데, 교정을 해도 시력이 좋아지지 않았다고 하네요."

대답할 말을 찾지 못한 나는 잠자코 있었다. 후유코도 입을 굳게 다물고 있었다.

"하지만 사장님이 너무 집에만 틀어박혀 있으면 좋지 않다고 해서, 한 달에 몇 번씩 여기로 운동하러 옵니다."

"장애가 있어서 사장님이 더 애지중지하시겠네요."

후유코가 말했다.

"그야 물론이죠."

시즈코의 목소리에 힘이 실렸다.

마침내 테니스 코트에 도착했다. 짧은 테니스 치마를 입은 아주머니가 코치가 쳐준 공을 되받아치는 연습을 하고 있었다. 코치는 볼을 쳐주면서 "나이스 샷!", "좀 더 무릎을 굽혀요." 등 이런저런 주의를 주느라 바빠 보였다.

"저……, 잠깐만요. 실례합니다."

시즈코가 우리에게 말하고 복도 쪽으로 달려갔다. 작업복을 입은 남자가 짐수레에 기댄 채 그녀를 기다리고 있었다. 큰 덩치에 새까만 피부를 지닌 남자였는데 금테 안경을 끼고 있었다. 콧수염이 상당히 신경에 거슬렸다. 시즈코가 다가가자 남자는 이쪽을 보면서 대화를 나눴고, 시즈코도 이야기를 주고받으며 힐끔힐끔 이쪽을 쳐다봤다.

한참이 지나서야 시즈코가 돌아와 말했다.

"정말 죄송합니다."

"할 일이 있으시면 이만 여기서……."

후유코가 말하자 시즈코는 손사래를 쳤다.

"아니에요."

나는 작업복 입은 남자를 바라봤다. 짐수레를 밀면서 복도를 걸어가던 남자가 이쪽을 돌아보는 순간 나와 눈이 마주쳤다. 그는 황급히 시선을 피하고 짐수레 미는 속도를 높였다.

그 뒤 시즈코의 안내로 골프 연습장도 견학하고, 팸플릿을 산더미처럼 얻어 센터를 나왔다. 시즈코는 출구까지 따라 나와 배웅했다. 이것으로 센터 취재는 끝났다.

- **2** -

돌아오는 지하철 안에서 우리는 서로의 생각을 나눴다.

"딱 꼬집어 이야기할 수는 없지만 야마모리라는 사장, 꽤 냄새가 나."

내 의견이었다.

"뭔가 알고 있는데 숨기고 있다는 느낌이 들어."

"그 사람, 정말 가와즈가 죽은 걸 몰랐던 것 같던데."

후유코가 말했다.

"그게 이상해. 회원이 죽은 걸 아무리 친하지 않았다 해도 모를 수가 있나."

후유코는 대답 대신 한숨을 짧게 내쉬고 두세 번 고개를 가로저었다. 뭐라 의견을 밝힐 단계가 아니라는 표정이었다.

물론 나도 마찬가지였다.

후유코와 헤어져 집으로 돌아오자 전화가 울렸다. 서둘러 전화기를 들었더니 어디선가 들은 적이 있는 목소리가 들려왔다.

"니자토예요."

상대가 말했다.

그제야 알아챈 나는 "예." 하고 대답했다. 시계를 보니 아직 약속 시간까지는 여유가 있었다.

"실은 가와즈 씨의 자료를 빌릴 필요가 없어졌어요."

그녀의 말투는 마치 무언가에 단단히 화가 난 사람 같았다.

"그럼?"

"오늘 다른 걸 조사하다가 우연히 찾던 자료를 발견했습니다. 괜히 소란스럽게 해서 죄송합니다."

"그럼, 저희 집에 안 오신다는 거죠?"

"예."

"상자를 열어도 되나요?"

"물론입니다. 정말 죄송합니다."

알겠다고 말하고 전화를 끊은 나는 방구석에 놓아둔 상자를 봤다. 상자는 사이좋은 쌍둥이처럼 얌전히 자리를 지키고 있었다.

나는 옷을 갈아입고 냉장고에서 캔 맥주를 꺼내 마셨다. 그리고 소파에 앉아 상자를 쳐다봤다. 상자는 이삿짐센터에서 샀는지 요란한 색깔로 회사 이름이 인쇄되어 있었다.

맥주를 반쯤 마셨을 때 갑자기 이상한 느낌이 들었다. 쌍둥

이처럼 닮은 두 상자에 약간 다른 점이 보였다.

포장에서 차이가 났다. 한쪽에 비해 다른 한쪽이 조금 지저분해 보였다. 여기저기에 비닐테이프가 덕지덕지 붙어 있어서 정성스럽다고는 할 수 없었다.

이상하다는 생각이 들었다.

오늘 아침 상자가 배달되었을 때, 가와즈 사치요의 성격을 고스란히 드러내듯 정성스러운 포장에 감탄했던 기억이 났다. 테이프도 마치 자를 대고 붙인 것처럼 깔끔했었다. 둘 다, 그래, 분명히 상자 두 개가 모두 그랬다. 틀림없이.

맥주를 다 마시고 테이프가 덕지덕지 붙은 상자를 조심스럽게 조사했다. 조사라고 해봐야 상자 주변을 뚫어지게 쳐다보는 것뿐이었지만.

상자를 보기만 해선 알아낼 수 있는 게 하나도 없기 때문에 테이프를 떼고 열어보기로 했다. 상자 안에는 책과 노트, 스크랩이 이리저리 섞여 있었다.

그것들을 그대로 두고 다른 한쪽을 열어봤다. 예상대로 이쪽은 잘 정리되어 있었다. 테이프를 붙인 방법 그대로 사치요의 성격이 드러나 있었다.

상자를 그대로 두고 장식장에서 버번 병과 술잔을 꺼낸 뒤 몸을 던지듯 다시 소파에 걸터앉았다. 그리고 잔에 술을 따라 꿀꺽 한 모금 들이켰다. 빨라진 심장박동 소리가 그 순간

만큼은 차분히 가라앉았다.

조금 안정을 되찾고 나서 수화기를 들고 버튼을 눌렀다. 벨 소리가 세 번 울린 다음 상대가 나왔다.

"하기오입니다."

후유코의 목소리다.

"나야."

내가 말했다.

"아…… . 왜?"

"당했어."

"당했다니?"

"누가 내 방에 들어온 것 같아."

후유코도 긴장한 듯 한참 있다가 "도둑맞은 게 있어?" 하고 물었다.

"도둑맞았어."

"뭘?"

"몰라."

수화기를 귀에 댄 채 고개를 가로저었다.

"하지만 분명히, 아주 중요한 걸 거야."

다음 날, 나는 후유코가 일하는 출판사로 갔다. 장례식 때 본 다무라라는 편집자를 만나기 위해서였다. 물론 만날 약속을 해준 것은 후유코였다.

출판사 로비에서 만나 셋이 함께 근처 카페로 들어갔다.

"니자토 씨에 대한 건데요."

다무라는 커피 잔을 들어 입으로 가져가던 손을 멈추고 눈을 크게 떴다.

"그분에 대해 좀 말해주세요."

"하지만 저도 그렇게 자세히는 모르는데요. 저는 가와즈 씨 담당이었지 니자토 씨 담당은 아니었거든요."

"아는 데까지만 말해줘."

후유코가 옆에서 끼어들었다. 다무라를 만나보자고 먼저 이야기를 꺼낸 것은 후유코였다.

어제 후유코와 통화를 끝낸 다음 조사한 바에 따르면, 내 물건은 아무것도 없어지지 않았다. 통장도, 얼마 안 되는 현금도 그대로 있었다. 침입자의 흔적이 남아 있는 건 그 상자뿐이었다.

"아마 내가 포장 상태까지 기억하고 있을 거란 생각은 못했겠지. 이래봬도 나 꽤 눈썰미가 있거든."

상자의 변화를 눈치챈 것에 대해 나는 후유코에게 이렇게 말했다.

"굉장하군!"

후유코도 감탄하며 맞장구를 쳐주었다.

"결국 범인의 목적은 상자의 내용물이었던 거군. 그런데 뭐 짚이는 거라도?"

"하나 있어."

가와즈 마사유키의 자료가 누군가에 의해 흐트러졌다는 사실을 알았을 때, 제일 먼저 떠오른 것은 바로 직전에 전화를 걸어온 니자토 미유키였다. 전날 그렇게 간절히 자료를 보게 해달라던 여자가 갑자기 전화를 걸어 더 이상 필요하지 않다고 했다. 뭔가 이상하다는 생각이 드는 게 당연했다.

"그럼 그 여자가 훔쳐갔다는 거야?"

후유코는 의외라는 표정이었다.

"물론 단정할 수는 없지. 하지만 그 여자 행동은 처음부터 이상했어. 그 자료를 손에 넣으려고 일부러 이사까지 도와주더니……."

"하지만 너한테 자료를 받기로 약속했잖아. 그런데 훔칠 필요까지 있을까?"

"깊이 생각하면 그렇지만."

나는 조금 망설인 다음 말했다.

"그 자료라는 게 절대 다른 사람한테 보여선 안 되는 거라면, 몰래 훔쳐야겠다고 생각하지 않겠어?"

"절대로 남한테 보여서는 안 되는 거?"

후유코는 내가 한 말을 다시 한 번 반복하며 잠깐 생각하더니 가늘게 찢어진 눈을 크게 떴다.

"혹시 그 여자가 가와즈 씨를 죽였다고 의심하는 거야?"

"대단히 의심스러워."

나는 딱 잘라 말했다.

"만약 내 가설이 옳다면, 자기 비밀을 알게 된 가와즈를 죽이는 건 충분히 가능한 일이야."

"그런 식으로 추리하는 게……."

후유코는 팔짱을 끼고 상자 안을 다시 살폈다.

"하지만 그 여자가 숨어 들어왔다는 추리에는 두 가지 문제가 있어. 하나는 어떻게 네가 오늘 낮에 집을 비우는지 알고 있었냐는 거야. 그리고 또 하나는 어떻게 집에 들어왔냐는 거지. 문단속은 제대로 했겠지?"

"물론."

내가 말했다.

"그럼 그 의문을 먼저 해결해야 해. 하지만 니자토에 대해서는 좀 더 조사해두는 것도 나쁘지 않겠군."

"어떻게?"

"그건 걱정 마."

그때 다무라의 이름이 나왔다.

◆◆◆

하지만 다무라의 말은 그다지 내 흥미를 끌지 못했다.

니자토 미유키가 여성 카메라맨으로서 무척 다양한 분야에서 활약했다는 것은 충분히 알겠는데, 듣고 싶은 이야기는 그런 게 아니었다.

"가와즈 씨하고 함께했다는 일 말인데요."

나는 솔직히 이야기를 꺼냈다.

"기행문을 잡지에 연재했다고 하셨죠?"

"예, 그렇습니다. 하지만 전에도 말씀드렸듯이 이미 연재가 끝난 상태입니다."

"얼마 전 장례식에서 만났을 때 그 여자 입으로 분명 가와즈 씨하고 호흡이 잘 안 맞았다고 했어요."

왠지 마음에 걸렸던 말이라 기억이 났다.

"아, 그렇게 말했죠."

다무라도 기억하고 있었다.

"연재가 끝났기 때문에 그렇게 말한 걸까요?"

"아뇨. 그건 아닌 것 같습니다."

다무라는 꼰 다리를 바꾸며 몸을 조금 앞으로 내밀었다.

"기행문 자체는 나쁘지 않았어요. 평판도 그런대로 좋았죠. Y섬으로 취재를 갔는데, 거기서 사고가 났어요. 가와즈 씨와 니자토 씨 두 사람 다요. 서로 맞네, 안 맞네, 운운한 건 아마 그 사건 때문일 겁니다."

"사고를 당했다고요?"

물론 처음 듣는 이야기였다.

"요트 사고였습니다."

다무라가 말했다.

"가와즈 씨 지인 중에 요트를 타고 Y섬으로 가는 계획을 세운 사람이 있었다고 합니다. 거기에 가와즈 씨 일행이 끼게 된 건데, 중간에 날씨가 나빠져 요트가 전복되었죠."

"……"

나로서는 그 상황이 어땠는지 도저히 상상이 가지 않았다.

"피해는 어느 정도였나요?"

"열 명 정도가 탔는데 딱 한 사람만 죽었다고 했나? 다행히 다른 사람들은 근처 무인도로 쓸려가 구조됐는데, 그때 가와즈 씨가 다리를 다쳤다고 합니다. 그리고 곧 기행문 연재도 끝났죠."

그런 이야기는 들은 적이 없었다.

"가와즈 씨가 그 요트 여행에 대해 글을 썼을까? 기행문이라기보다 사고 다큐멘터리 같은 거겠지만."

후유코가 물었다.

"안 쓴 것 같은데."

다무라는 목소리를 죽이고 답했다.

"출판사에서는 써달라고 했는데 거절했습니다. 정신없이
벌어진 일이라 또렷이 기억하지 못한다면서요. 하지만 그 사
람 입장에서는 자신이 당한 사고까지 싣고 싶진 않았겠죠."

그럴 리 없다. 글 쓰는 일을 업으로 하는 사람이라면, 설령
피해자가 자신일지라도 그런 절호의 기회를 놓칠 리 없다.
무엇보다 애써 취재하지 않아도 생생한 목소리—자신의 목
소리—를 쓸 수 있기 때문이다.

"뭐 그래서 그 시리즈는 자기만의 색깔이 생기려는 시점에
서 그만 끝나고 말았죠."

다른 회사 이야기라 그런지 다무라는 편안하게 이야기했다.

"그런데 그 요트 여행 말인데요, 여행사에서 기획한 건가
요?"

내 질문에 "아뇨. 여행사가 기획한 게 아닙니다." 하고 다무
라는 시원하게 대답했다.

"도쿄에 있는 어떤 스포츠센터가 기획한 거라고 했죠, 아
마. 어딘지는 잊었지만."

"그게 혹시⋯⋯."

나는 마른 입술을 적셨다.

"야마모리 스포츠플라자?"

그 말에 다무라는 깜짝 놀라며 고개를 끄덕였다.

"맞아! 맞아요. 분명히 그 이름이었어요."

"역시."

나는 후유코와 시선을 마주쳤다.

◆◆◆

다무라만 회사로 돌아가고, 나와 후유코는 그대로 카페에 남아 커피를 한 잔 더 주문했다.

"왠지 마음에 걸리네."

테이블에 턱을 괴고 내가 말했다.

"가와즈는 죽기 전에 야마모리 사장을 만났어. 그런데 야마모리 사장의 요트를 타고 가다 사고를 당한 적이 있어. 니자토 미유키도 현장에 같이 있었고……."

"그 사고에 무슨 비밀이 있다는 거야?"

"아직 모르겠어."

나는 고개를 흔들었다.

"하지만 만약 어떤 관련이 있다면, 내 방에서 도난당한 자료는 그 사고에 대해 쓴 게 아닐까 하는 느낌이 들어. 니자토 미유키가 원한 것도 그 자료였을 거야."

"그리고 거기에 적힌 것 때문에 가와즈가 죽었다?"

"어디까지나 추리일 뿐이야. 내 추리가 비약이 심하다는 건 네가 더 잘 알잖아."

내 농담에 후유코는 잠깐 하얀 이를 보이며 웃었지만 곧바로 심각한 얼굴로 돌아왔다.

"그렇다면 그 사고의 비밀에 니자토 미유키가 관련이 있다는 거네."

"그 여자만이 아닐 거야."

꼬고 있던 다리를 바꾸고 팔짱을 꼈다.

"가와즈는 야마모리 사장을 만나러 갔어. 그건 야마모리 사장도 어떤 형태로든 관련이 있다는 이야기야."

"야마모리 사장은 단순한 취재라고 했잖아."

"숨기고 있는 거지."

나는 일단 말을 끊었다가 다시 이었다.

"그들한테는 숨기지 않으면 안 되는 이유가 있겠지."

"그들이라니?"

"그건 아직 몰라."

나는 단호하게 말했다.

◆◆◆

집에 돌아가자마자 상자를 뒤져 내 추리가 틀리지 않다는 것을 확인했다. 작년에 가와즈 마사유키가 담당했던 기행문 자료는 거의 다 있었다. 그러나 문제의 요트 여행에 대한 것만은 아무리 찾아도 없었다.

그 여행 도중에 무슨 일이 있었다. 물론 단순한 해난 사고는 아니다. 그리고 그것을 다른 사람한테 알리고 싶지 않은 누군가가 존재한다. 니자토 미유키도 그런 사람 중 하나다.

문제는 그들을 어떻게 찾아내느냐였고, 나와 후유코는 그에 관해서 대강 계획을 세웠다.

그날, 저녁을 먹기 전에 후유코에게서 전화가 왔다. 목소리가 조금 흥분한 것처럼 들렸다.

"어쨌든 니자토 미유키와 만나기로 했어!"

"수고했어. 뭐라고 하면서 만나자고 했어?"

"솔직히 말했지. 가와즈에 대해 묻고 싶은 게 있다고."

"경계하는 것 같지는 않았어?"

"글쎄, 전화라 잘 모르겠던데."

"그래……."

그 뒤로는 거의 후유코 혼자서 말했다. 나는 니자토 미유키의 강인해 보이던 눈빛이 머릿속에 떠올라 조금 우울해졌다.

"둘이 다그치면 어떻게든 되지 않을까?"

내가 말하자 후유코는 약간 잠긴 목소리로 그건 좀 어렵겠다고 말했다.

"어렵다니?"

"조건을 하나 걸더라고. 너와 둘이서만 만나고 싶대."

"나하고만?"

"응. 그게 조건이야."

"어쩔 셈일까?"

"모르겠어. 너 혼자면 믿을 수 있다고 생각했는지도 모르지."

"설마."

"어쨌든 그 여자 조건은 그랬어."

"흐음……."

무슨 일이지? 수화기를 든 채 곰곰이 생각했다. 니자토 미유키는 나에게만은 비밀을 이야기해줄 마음이 있는 걸까?

"알았어. 나 혼자 갈게. 시간과 장소를 알려줘."

나는 후유코에게 대답했다.

– 4 –

다음 날, 약속 시간에 늦지 않게 방을 나섰다. 2시에 기치조

지의 한 카페에서 만나기로 했다. 후유코 말로는 니자토 미유키의 맨션이 그 근처에 있다고 했다.

만나기로 한 카페는 주문 제작한 것으로 보이는 나무 테이블이 띄엄띄엄 놓여 있어 차분한 분위기를 자아내는 곳이었다. 가게 한가운데에는 엉뚱하게 열대 고무나무가 놓여 있었다. 조명이 어둠침침해 오랫동안 차분하게 이야기하기에 적합했다.

검은 타이트스커트를 입은 짧은 머리 종업원에게 시나몬 티를 주문했다.

손목시계를 차지 않고 핸드백에 넣어두는 습관 때문에 가게를 둘러보며 시계를 찾았다. 벽에 걸려 있는 앤티크 시계가 2시 조금 전을 가리키고 있었다.

시나몬 티를 두세 모금 마셨을 즈음 2시가 되었다.

내부 인테리어를 둘러보는 사이에 다시 5분이 흘렀지만 니자토 미유키는 나타나지 않았다. 별수 없이 차를 홀짝홀짝 마시며 입구를 봤다. 이윽고 찻잔이 다 비고 시곗바늘이 10분을 넘어서고 있는데도 그녀의 모습은 보이지 않았다.

불길한 예감이 들었다.

나는 자리에서 일어나 카운터에 있는 전화로 후유코가 가르쳐준 미유키의 집 번호를 눌렀다. 벨소리가 두세 번 울렸다. 아무도 받지 않을 것 같아 수화기를 놓으려는 순간 딸깍,

전화가 연결되었다.

"여보세요."

남자 목소리였다.

"저기, 니자토 씨 댁 아닌가요?"

조심스럽게 물었다.

"그렇습니다만. 누구신지요?"

상대편 남자가 되물었다.

내 이름을 대고 집에 없냐고 물었다. 그랬더니 잠깐 침묵하던 남자가 무미건조한 목소리로 말했다.

"유감스럽게도 니자토 씨는 돌아가셨습니다."

이번에는 내가 입을 다물었다.

"듣고 계신가요?"

"예……. 그런데 돌아가셨다는 게 무슨 말인가요?"

"살해됐습니다."

남자가 말을 이었다.

"조금 전 사체가 발견됐습니다."

monologue
2

내 정체를 알았을 때 그 여자는 미안하다고 말했다.

그러면서도 자기는 어쩔 수 없었다고, 정말이라고 했다.

나는 잠자코 그 여자를 봤다. 평정을 잃은 그 여자가 벌떡 일어났다.

차라도 타올게요. 여자는 내 시선에서 벗어나고 싶었던 것이다.

그 틈을 이용해 뒤에서 덮쳤다.

의외로 너무나 쉽게 끝났다.

마치, 그래, 성냥을 태우는 것 같았다.

쿵, 하고 쓰러지더니 곧바로 추한 몸뚱어리만 남았다.

순간 시간이 멈춘 것 같았다. 그리고 이어서 정적이 온몸을 감쌌다.

나는 몇 초 동안 그 자리에 우두커니 서 있다가 잠시 후 민첩하게

뒤처리를 시작했다. 머리는 무서우리만치 차갑게 식어 있었다.

뒤처리를 끝내고 여자를 내려다봤다.

역시 이 여자도 답을 알고 있었다.

그것을 약해 보이는 교활함으로 숨기고 있었을 뿐이다.

내 증오의 불은 꺼지지 않았다.

3장

사라진
여자

無人島より敬意を込めて

니자토 미유키의 맨션은 역에서 가까웠고 건물도 상당히 새것이었다. 그 맨션 5층에 그녀의 방이 있었다.

엘리베이터에서 내리자 복도 쪽으로 문이 몇 개 늘어서 있었는데, 어느 것이 그녀의 방인지는 금방 알 수 있었다. 경찰처럼 보이는 남자들이 살벌한 모습으로 드나들고 있었기 때문이다.

내가 다가가자 나보다 어려 보이는 경찰관이 재빨리 다가와 딱딱한 어투로 무슨 일 때문에 왔냐고 물었다.

조금 전 전화를 받은 사람이 가능하면 여기로 와달라고 해서 왔다, 라며 그 경찰에 지지 않을 만큼 딱 부러지게 이야기하자 그는 당황스러운 표정을 지으며 방 안으로 들어갔다.

그 건방진 경찰관 대신 중년에 이목구비가 또렷한 미남이 나왔다. 그는 수사1과의 다미야라고 자신의 신분을 밝혔다. 목소리를 들어보니 조금 전 전화를 받았던 사람 같았다. 다미야 형사는 계단 쪽으로 나를 데려갔다.

◆◆◆

"오! 추리소설을?"

형사는 의외라는 표정으로 내 얼굴을 봤다. 약간의 호기심이 섞여 있었다.

"그럼 나중에 비웃음을 당하지 않도록 제대로 수사를 해야겠군요."

내가 뚱한 얼굴로 입을 다물고 있자 그도 진지한 표정으로 돌아와 질문을 시작했다.

"오늘 2시에 만나기로 하셨다는 거군요?"

"그렇습니다."

"실례지만 두 분은 어떤 관계이십니까?"

"제 애인을 통해 아는 사이였습니다."

거짓말은 아니다.

"그렇군요."

운을 뗀 형사는 조심스럽게 "괜찮으시면 그분의 이름을 여쭙고 싶은데요." 하며 나를 봤다.

"가와즈 마사유키라는 사람입니다. 프리랜서 작가죠. 하지만 최근에 죽었습니다. 그 사람도 살해됐습니다."

메모를 하던 다미야 형사의 손이 순간 멈췄다. 그리고 하품이라도 하는 것처럼 입이 크게 벌어졌다.

"그 사건의?"

"예."

"그랬군요."

다미야 형사는 심각한 얼굴로 아랫입술을 깨물고 두세 번 고개를 크게 끄덕였다.

"그럼 오늘 만나기로 약속하신 것도 그것과 관련이 있습니까?"

"아뇨. 그것하고는 상관없는 일이었습니다. 가와즈 씨가 사용했던 자료를 제가 받았으니 필요한 게 있으면 이야기하라는 말을 하려고 했습니다."

여기까지 오는 동안 미리 준비했던 대답이다.

"아, 그렇군요. 자료라."

형사는 미간을 찌푸린 채 수첩에 뭔가를 적었다.

"그 밖에 니자토 미유키 씨와 개인적인 교류가 있었나요?"

"아뇨. 가와즈 씨의 장례식에서 만났을 뿐입니다."

"오늘 약속은 어느 분이 잡으신 건가요?"

"제가 했습니다."

"언제였습니까?"

"어제입니다. 아는 편집자를 통해 약속했습니다."

형사에게 후유코의 이름과 전화번호를 알려줬다.

"알겠습니다. 그럼 이 하기오 후유코라는 분에게도 여쭤보지요."

"저기요, 그런데 니자토 씨는 언제 살해된 건가요?"

다미야 형사의 조각 같은 옆얼굴에 대고 물었다. 그는 조금 고개를 기울인 뒤 대답했다.

"감식반 말로는 시간이 많이 경과되진 않았다고 합니다. 사망한 지 한두 시간 정도 지났답니다."

"어떻게 살해된 거죠?"

"머리입니다."

"머리?"

"후두부를 청동 장식품으로 내리쳤다고 합니다. 현장을 보시겠습니까?"

"봐도 될까요?"

"특별히 허락하는 겁니다."

안에서는 아직도 감식반 형사들이 바삐 움직이고 있었다. 그 틈을 헤집고 가는 다미야 형사 뒤를 쫓아갔다.

현관에 들어서자 여섯 평 정도의 거실이 있고, 그 건너편에 침대가 놓여 있었다. 거실에는 유리 테이블이 있고, 그 위에는 컵이 하나 놓여 있었다. 방 한쪽에 부엌이 있었는데 싱크대에는 아직 씻지 않은 그릇들이 쌓여 있었다.

생활의 자취가 그대로 남아 있어, 마치 시간이 멈춘 것처럼 보였다.

"사체를 발견한 것은 니자토 씨의 친구입니다. 가끔 놀러 왔다고 하는데, 현관이 열려 있어서 들어왔다가 침대 위에 쓰러져 있는 니자토 씨를 발견했다고 합니다. 그 여성은 지금 충격을 받아서 휴식을 취하고 있습니다."

딱하게 됐군. 나는 나지막하게 중얼거렸다.

◆◆◆

형사들에게서 벗어나 맨션을 나왔을 때에는 이미 어둠이 내려앉아 있었다. 일정한 간격으로 서있는 가로등이 역으로 향하는 길을 비추고 있었다. 그 아래를 걷던 나는 공중전화 부스를 발견하자마자 그 안으로 들어갔다. 이 시간이라면 후유코도 집에 있을 것이다.

"정보는 얻었어?"

내 목소리를 듣고 먼저 이렇게 물었다. 지금까지 니자토 미유키와 이야기를 나눴다고 생각했을 것이다.

"그 여자, 살해됐어."

단도직입적으로 말했다. 완곡하게 표현할 말을 찾지 못했던 것이다.

후유코가 침묵을 지키고 있어서 내가 계속 말했다.

"살해됐어. 머리를 맞고……. 약속 시간이 됐는데도 나타나지 않아서 전화를 했더니 그 여자 대신 형사가 받았어."

"……."

"듣고 있어?"

조금 있다가 "흐음." 하는 후유코의 목소리가 돌아왔다. 그리고 긴 침묵. 그녀의 얼굴을 떠올리고 있는 모양이다.

이윽고 후유코의 목소리가 들려왔다.

"뭐랄까……. 이런 경우엔 어떤 말을 해야 할지 모르겠네."

그렇겠지, 라고 생각했다.

"내 방에 안 올래?"

내가 제안했다.

"상의할 게 많다고 생각하지 않아?"

"아무래도 그렇지."

후유코가 어두운 목소리로 중얼거렸다.

그로부터 한 시간 후 우리는 마주 앉아 버번 온 더 록을 마시고 있었다.

"분명한 건."

내가 먼저 말을 꺼냈다.

"우리가 계속 한 발씩 늦었다는 거야. 적이 늘 한 발 빨랐어."

"적이라니, 누가 적인데?"

"모르겠어."

"그 해난 사고와의 관련성도 경찰한테 이야기했어?"

"말하지 않았어. 확실한 것도 없고, 또 이번 일만큼은 내 힘으로 해결해야겠다고 생각해서. 사실은 니자토와 만나기로 한 이유도 적당히 둘러댔어."

후유코는 뭔가를 생각하는지 먼 곳을 응시했다.

"어쨌든 작년 사고에 대해 조사해봐야 한다고 생각해."

내 말을 들은 후유코는 잔을 놓고 "그것에 대해서는 여기 오기 전에 조금 조사를 했어." 하고는 핸드백에서 흰 종이를 꺼냈다. 신문기사를 복사한 것이었다. 그 내용을 요약하면 이랬다.

8월 1일 오전 8시쯤, 야마모리 스포츠플라자 소유의 요트가 Y섬으로 향하던 도중 큰 파도를 만나 침몰했다. 타고 있던 11명 중 10명은 구명보트로 근처 무인도에 도착했고 다음 날 아침 인근을 지나던 어선에 의해 구조되었다. 하지만 1명은 가까운 바위에 엎드린 채 죽어 있었다. 사망한 사람은 도쿄 도 도요시 구에 사는 다케모토 유키히로 씨(32세).

"그때 일에 대해 좀 더 조사해봐야겠어. 전에도 말했지만 사라진 가와즈의 자료에 그것하고 관련된 비밀이 적혀 있을 거야."

에어컨 온도를 조금 높이면서 내가 말했다. 열심히 떠드는 사이 방이 냉장고처럼 추워졌기 때문이다.

"그 비밀을 지키려는 누군가가 차례로 사람을 죽이고 있다는 거야?"

"글쎄, 그럴지도 모르지. 하지만 니자토 미유키는 비밀을 지키려던 쪽이야. 그리고 만약 야마모리 사장이 이 사건과 관련이 있다면 그도 마찬가지일 거야."

후유코가 어깨를 으쓱하며 말했다.

"물론 그렇겠지. 하지만 구체적으로 어떻게 할 생각이야? 해상보안부에 문의하는 정도라면 내가 해줄 수 있지만."

"글쎄."

나는 생각에 빠졌다. 무슨 일이 있었다 해도 당사자들이 비밀로 하고 있는 이상 공적인 기록이 남았을 가능성은 없었기 때문이다.

"아무래도 당사자들을 직접 만나보는 수밖에 없겠어."

"그러면 야마모리 사장에게 다시 한 번 만나자고 할까?"

후유코는 그다지 내키지 않는 얼굴로 물었다.

"손에 든 것도 없이 그 사람을 만나봐야 쉽게 무너뜨릴 수 없어. 여행에 참가한 다른 사람들을 만나봐야겠어."

"그럼 우선 이름과 주소를 조사해야겠네."

"걱정 마. 실마리는 있어."

그렇게 말하며 나는 옆에 꺼내놨던 명함을 들어 올렸다.

지난번 스포츠센터에 갔을 때 하루무라 시즈코에게서 받은 것이었다.

다음 날 정오가 지날 무렵, 다시 야마모리 스포츠플라자를 찾았다. 1층에 있는 식당에 들어가 레몬 스카시를 주문하고 시즈코에게 전화를 걸었다. 금방 오겠다던 그녀는 실제로 5분도 안 되어 모습을 드러냈다.

"귀찮은 일을 부탁해서 죄송합니다."

하루무라 시즈코가 의자에 앉자마자 나는 가볍게 고개를 숙였다. 여기 오기 전에 작년 요트 여행에 참가했던 사람들 명단을 구해달라고 부탁했던 것이다. 시즈코가 작년 이맘때에는 아직 여기서 일하지 않았기에 믿을 수 있다고 판단했기 때문이다.

"아뇨. 별로 어려운 일도 아니었는데요. 컴퓨터에 있는 자료를 프린트만 하면 되는 일인걸요. 그런데 왜 이런 자료가 필요하세요?"

시즈코는 전에 만났을 때와 마찬가지로 미소를 지은 채 막 프린트해온 종이를 테이블 위에 올려놓았다.

"이번 소설 소재로 쓸 생각입니다. 그래서 가능한 한 사고를 당했던 분들한테 직접 이야기를 듣고 싶어서요."

"그렇군요. 계속해서 소설 줄거리를 생각하는 것도 힘든 일이겠어요."

"정말 힘들어요."

쓴웃음을 지으며 테이블 위에 놓인 종이로 손을 뻗었다.

거기에는 11명의 이름과 주소가 적혀 있었다. 맨 위에 야마모리 다쿠야, 그 아래 마사에 부인과 유미의 이름이 있었다.

"유미라면 시각장애가 있는……."

내 질문에 시즈코가 고개를 크게 끄덕였다.

"특별 취급은 절대 하지 않는다는 게 사장님의 교육 방침이에요. 보이지 않더라도 바다를 접해보는 것만으로도 큰 가치가 있다고 하셨답니다."

"그럴 수도 있겠네요."

나는 계속해서 명단을 훑어봤다. 가와즈 마사유키와 니자토 미유키의 이름도 있었다. 신문기사에서 봤던 다케모토 유키히로라는 남자 이름도 보였다. 그 밖에 야마모리의 비서인 무라야마 노리코, 헬스 강사인 이시쿠라의 이름도 있었다.

"비서도 같이 갔네요?"

"예. 무라야마 씨 어머님이 사장님 부인의 언니세요. 가족이 서로 잘 왕래하는 편이라."

그러니까 야마모리 사장의 처조카란 뜻이다.

"여기 가네이 사부로라는 이름이 있는데, 이분도 이곳에서 일하는 것으로 되어 있네요."

가네이 사부로라는 이름 옆에는 괄호가 있고, 거기에 '종업원'이라고 적혀 있었다.

"아, 예. 기기 보수나 자잘한 일들을 하시는 분인데……."

시즈코가 말끝을 흐렸기 때문에 내 행동이 이상해 보였나 싶었다.

"역시 야마모리 사장님과 관련이 있는 분이신가요?"

"아뇨. 그렇지 않습니다. 그냥 종업원이에요."

"그렇군요."

고개를 끄덕이며, 사장과 관련이 없으면 의외로 많은 이야기를 해줄지도 모르겠다고 생각했다.

"이분 말씀을 듣고 싶은데, 바로 만날 수 없을까요?"

"지금이요?"

"예. 묻고 싶은 게 있어서요."

시즈코는 한동안 망설이다가 "알겠습니다. 잠깐만 기다리세요." 하며 자리에서 일어났다. 그리고 카운터로 가서 거기 있는 전화로 누군가와 통화를 했다.

몇 분 동안 이야기하더니 이윽고 웃음을 지으며 돌아왔다.

"곧 이리로 온답니다."

"정말 감사합니다."

나는 다시 고개를 숙였다.

그로부터 몇 분 뒤, 반팔 작업복을 입고 콧수염을 기른 남자가 나타났다. 본 적이 있다. 얼마 전 센터를 견학할 때 중간에 시즈코를 불러 이야기를 나누고, 그 뒤로도 한동안 우리를 훔쳐봤던 남자다.

약간 좋지 않은 예감이 들었지만 이대로 물러설 수는 없었다.

가네이는 조금 주저하며 시즈코 옆자리에 앉았다. 그리고 내가 내민 명함을 집요할 정도로 오랫동안 바라봤다. 그 눈매를 보고 상대가 의외로 젊다는 것을 깨달았다.

"갑작스러운 질문입니다만 가네이 씨, 작년 요트 여행에 참가하셨죠?"

"예."

가슴이 철렁할 정도로 낮은 음성이었다.

"그게 왜 궁금하신 건가요?"

"사고를 당하셨죠?"

"……예."

가네이 사부로의 얼굴에 눈에 띄게 당혹한 기색이 드러났다.

"날씨가 안 좋아지는 바람에 배가 침몰됐다고 들었습니다."

"그렇습니다."

"사전에 날씨를 알아보지 않았나요?"

"다소 안 좋아질 거란 건 알고 있었는데, 모두가 출발하자고 했습니다. 사장님한테요."

전원이 동의했다는 말투였다.

"여행 일정은?"

내가 물었다.

"1박 2일이었습니다. 요코하마에서 Y섬까지 갔다가, 다음 날 돌아올 계획이었지요."

"가는 길에 사고를 당하신 거네요?"

"아, 예······."

"신문기사에 따르면, 승선한 사람들이 가까운 무인도로 쓸려가 살아났다고 하던데요?"

"그래서 겨우 목숨을 구했죠."

가네이 사부로는 자신의 수염을 문질렀다.

"딱 한 분만 돌아가셨지요. 다케모토 유키히로라는 분."

내 말을 듣자마자 그는 눈을 감고 천천히 고개를 끄덕였다.

"파도가 높았고 시야도 나빴습니다."

"다케모토 씨하고는 아는 사이셨나요?"

"아뇨. 그렇지 않습니다."

가네이 사부로는 당황한 듯 재빨리 고개를 저었다. 그런 반응이 조금 마음에 걸렸다.

"그럼, 이분은 어떻게 여행에 참가하게 됐나요? 여기 적힌 바로는 스포츠센터 회원도 아닌데."

"글쎄요. 저는 그저······ 다른 분 소개로 왔을 거라고만 생각했는데······."

가네이가 서둘러 담배를 꺼내 피우기 시작했다.

"하루무라 씨는 이 다케모토라는 분을 모르시나요?"

예상대로 시즈코는 고개를 가로저었다. 1년 전에는 여기 종업원이 아니었으니 당연하다.

다시 가네이 사부로에게 시선을 옮겼다.

"무인도에 도착한 뒤 어떤 일이 있었는지 자세히 알고 싶은데요."

"도착한 뒤라……. 뭐 별다른 일 없었습니다. 바위 뒤에서 비바람을 피하며 구조대가 올 때까지 기다린 게 다였습니다."

"그럼 어떤 이야기를 나누셨나요? 필시 모두 불안에 시달렸을 텐데."

"그건 그렇지만……. 너무 정신이 없는 상태라 무슨 말을 했는지 기억나질 않네요."

그는 흰 담배연기를 내뿜으며 또 조급하게 수염을 문질렀다. 불안할 때마다 수염을 만지는 게 이 남자의 버릇이 아닐까 싶었다.

화제를 바꾸기로 했다.

"가와즈 마사유키라는 사람이 함께 있었죠? 프리랜서 작가로, 잡지 취재차 동행했던 사람입니다. 여기 스포츠센터 회원이기도 했고요."

"아……."

가네이는 먼 곳을 응시했다.

"그때 발을 다쳤던 분이죠."

그러고 보니 부상을 당했었다는 이야기를 들은 기억이 있다.

"무인도에 있을 때 그 사람이 어땠는지 기억나세요? 어떤 말을 했는지, 뭐든 좋아요."

"글쎄요."

수염 기른 남자는 고개를 갸웃했다.

"1년 전 일이고……, 게다가 흥분했던 상태라."

"그 후에 가와즈 씨와 사고에 대해 이야기를 나누신 적은 없나요?"

"없습니다. 사고 이야기뿐 아니라 대화를 나눈 적도 없습니다. 가끔 먼발치에서 뵌 적은 있지만요."

가네이 사부로가 잡일을 하고 있다는 시즈코의 말이 떠올랐다.

"사고와 관련해 최근 뭔가 이상한 건 없으셨나요?"

"이상한 거라니요?"

"뭐든지 괜찮습니다. 누군가와 이야기를 했거나, 누군가에게 무슨 말을 들었거나……."

"없습니다."

가네이 사부로의 대답은 분명했다.

"저는 그 일을 완전히 잊고 있었습니다. 그런데 그 사고가 왜요? 관심이 아주 많으신 것 같은데요."

그가 내 표정을 살피는 눈빛으로 나를 바라봤다.

"이번에 쓰는 소설 때문에 최근 일어난 해난 사고들을 조사하고 있습니다."

"……."

미리 생각해둔 거짓말을 했지만, 그의 의심스러운 눈빛은 변하지 않았다.

나는 다시 명단으로 시선을 떨어뜨렸다.

"돌아가신 다케모토 씨 말고 또 한 사람, 회원이 아닌 분이 있네요. 후루사와 야스코. 이분은 어떻게 참가하게 된 거죠?"

명단에는 '24세. OL'이라고 적혀 있었다. 주소는 네리마 구.

"글쎄요. 저는 잘 모르겠습니다. 여하튼 저도 출발 전날에야 같이 가자는 이야기를 들어서요."

남은 참가자는 사카가미 유타카라는 이름이었다. 이 남자는 스포츠센터 회원인 듯했다. 직업란에 '배우'라고 쓰여 있었다.

"가끔 봅니다."

사카가미 유타카에 대해 묻자 가네이 사부로는 조금 성가시다는 듯 대답했다.

"하지만 최근에는 이야기를 나눈 적이 없습니다. 그쪽도 나 같은 건 잊어버리지 않았을까요?"

"그렇군요."

대답하고 잠깐 생각했다. 예상대로 수확은 적었다. 두 가지로 생각할 수 있었다. 하나는 그 해난 사고에 비밀 따위는 없다는 것. 또 하나는 여기 있는 가네이 사부로가 거짓말을 하고 있다는 것. 그러나 어느 것이 사실인지 지금으로서는 확인할 방법이 없었다.

어쩔 수 없이 가네이 사부로와 시즈코에게 고맙다는 인사를 하고 이야기를 마쳤다. 두 사람은 나란히 가게를 나갔다.

물을 한 잔 마시고 기분전환을 한 뒤 나도 일어섰다. 카운터로 가 찻값을 지불하는데, 여종업원이 물었다.

"손님, 하루무라 씨 친구 되세요?"

"친구라고 하기에는……. 왜 그러세요?"

여자는 귀여운 웃음소리를 냈다.

"가네이 씨한테 설교 좀 하지 그러셨어요? 빨리 결혼하라고."

"결혼?"

물으면서 놀랐다.

"그 두 사람, 그런 사인가요?"

"모르셨어요?"

여자는 아주 의외라는 얼굴로 말했다.

"아주 유명해요."

"얘길해주지 않아서요."

"그랬군요……. 그럼 제가 괜히 이야기한 건가."

그렇게 말하면서도 여자는 여전히 웃고 있었다.

- **3** -

야마모리 스포츠플라자를 나와 후유코의 회사에 들러 그녀
를 불러냈다.

"부탁할 게 있어."

후유코의 얼굴을 보자마자 말했다.

"갑자기 뭔데. 스포츠센터 쪽에선 수확이 없었어?"

쓴웃음을 짓는 후유코에게 조금 전 시즈코에게서 받은 명
단을 보여줬다.

"사고로 죽은 다케모토 유키히로라는 사람의 고향 집을 조
사해줘."

곧바로 후유코의 표정이 심각해졌다.

"이 사람의 죽음과 무슨 관계가 있다는 거야?"

"아직 몰라. 하지만 왠지 걸려. 종업원도 회원도 아닌 사람
이 여행에 참가했다는 것도 그렇고, 나머지는 모두 살았는데
한 사람만 죽었다는 것도."

"그럼, 이 사람 집에 찾아가 이야기를 듣겠다는 거야?"

"응."

"알았어."

후유코는 수첩을 꺼내 다케모토 유키히로의 주소를 적었다. 아마 이 주소로 찾아가봐도 지금은 다른 사람이 살고 있을 가능성이 크다.

"어쨌든 조사해볼게. 걱정하지 마. 그리 오래 걸리지는 않을 거야."

"미안해."

후유코에게는 정말로 미안했다.

"그 대신 나도 부탁할 게 있어."

"부탁?"

"일 이야기야."

후유코는 의미심장하게 웃었다.

"이 건이 마무리되면, 이번 일을 논픽션으로 써줘."

나는 한숨을 지었다.

"그런 거 잘 못한다는 거 알잖아?"

"알고 있어. 하지만 이것도 기회야."

"……생각해볼게."

"그래. 충분히 생각해봐. 그보다, 앞으로 어떻게 할 거야?"

"응. 실은 한 사람 더 만날 생각이야."

"한 사람 더?"

"후루사와 야스코라는 사람."

후유코가 들고 있는 명단을 손가락으로 가리켰다.

"거기 있지? 그 사람도 다케모토라는 사람과 마찬가지로 종업원도 회원도 아니야. 야마모리 그룹하고 관련된 사람이 아니라는 이야기지."

내 생각을 꿰뚫었는지 후유코는 명단을 계속 보면서 두세 번 고개를 끄덕였다.

"그럼, 네가 집에 돌아갈 때쯤 전화할게."

"부탁해."

거기까지 이야기하고 우리는 헤어졌다.

◆◆◆

지도를 보니 세이부센 나카무라바시가 후루사와 야스코의 아파트와 가장 가까운 역이었다. 나는 거기서 택시를 타고 명단에 적힌 주소를 운전기사에게 내밀었다.

"그 주소라면 이 근처인데요."

10분 정도 달린 후 기사가 속도를 늦추며 말했다. 창밖을 보니 작은 집들이 빼곡하게 늘어선 주택가 한가운데를 달리고 있었다. 그럼 여기서 내려주세요, 하고 택시에서 내렸다.

하지만 그때부터가 문제였다. 명단에 적힌 주소가 확실하다면 지금 달려온 국도 옆에 아파트가 있어야 하는데 그런 건물이 전혀 보이지 않았다. 대신 화려한 장식을 한 햄버거

가게만 있을 뿐이었다.

혹시나 하는 생각에 치즈 햄버거와 아이스커피를 사면서 여자 점원에게 작년 이맘때쯤에도 이 가게가 있었는지 물었다. 여자는 한동안 멍하니 있더니 다시 웃으며 대답했다.

"아! 이 가게는 3개월 전에 오픈했어요."

햄버거를 먹고 파출소 위치를 물어본 후 가게를 나왔다.

파출소에는 백발이 성성한 다부진 얼굴의 경찰이 있었다. 경찰은 햄버거 가게가 들어서기 전에 있던 아파트를 기억하고 있었다.

"아주 낡긴 했지만 입주자가 꽤 많았지요. 마쓰모토 부동산에 가면 그 사람들에 대해 잘 알 텐데."

"마쓰모토 부동산이라면?"

"이 길로 곧장 가다 보면 오른쪽에 있습니다."

고맙다는 인사를 하고 파출소를 나왔다.

마쓰모토 부동산은 경찰이 말한 3층짜리 작은 빌딩에 있었다. 그 건물 1층 정면에 빈틈없이 부동산 정보를 붙여놓았다.

"그 아파트에 살던 사람들이 어디로 갔는지는 우리도 모르지요."

젊은 직원이 귀찮은 듯 말했다.

"연락처 정도는 남아 있지 않나요?"

"없습니다."

찾아볼 생각도 없어 보였다.

"그럼, 후루사와 야스코라는 여자 기억하세요?"

"후루사와 야스코?"

젊은 직원은 그 이름을 다시 한 번 조그맣게 중얼거리더니 아! 하고 고개를 끄덕였다.

"기억납니다. 한두 번밖에 못 만나봐서 확실하게 생각나진 않지만 상당히 매력적인 여자였던 것 같은데."

"그 사람이 어디로 이사 갔는지 아세요?"

"거기까지는 모릅니다."

직원은 답답한지 얼굴을 찡그리더니 조금 시선을 피하다가 말했다.

"아니, 잠깐만요."

"왜요? 뭐 생각나는 거라도 있으세요?"

"분명 외국으로 간다고 한 것 같은데……. 본인한테 직접 들은 건 아니고, 다른 부동산 사람이 말해준 거지만."

"외국에……."

만약 그게 사실이라면 후루사와 야스코를 추적하는 일은 포기해야 할 것이다.

"작년 봄부터 여름이 끝날 때까지 호주에 가 있을 거라고 했어요. 그 아파트는 임시 거처 같은 거였던 셈이죠."

봄부터 여름이 끝날 때까지?

그 해난 사고가 일어난 것은 8월 1일이었다. 한여름이었던 것이다.

"저기요, 그게 사실이에요?"

"뭐가 말입니까?"

"봄부터 여름이 끝날 때까지 해외에 있을 거라는 말."

"예, 사실입니다. 그동안의 임대료를 미리 냈으니까요. 뭐 그렇다고는 해도 확인한 건 아니니까. 호주에 간다고 해놓고 지바 같은 데서 수영이나 했을지도 모르지요."

젊은 직원은 짓궂은 미소를 지었다.

그날 밤 8시쯤 후유코에게서 전화가 왔다. 나는 후루사와 야스코의 거처를 찾지 못했다는 것과 사고 당시 그 여자는 호주에 갔었다는 사실을 이야기해주었다.

"그게 사실인지 아닌지가 문제군."

끄응, 신음소리를 낸 후 후유코가 말을 이었다.

"그 중개업자 말대로 거짓말일 수도 있겠지. 왜 그런 거짓말을 했는지는 모르지만."

"만약 그 말이 거짓이 아니라면?"

내가 말했다.

"그때 사고를 당한 후루사와 야스코라는 인물은 도대체 누굴까?"

"……."

수화기 저쪽에서 숨을 죽였다. 나도 입을 다물었다.

"하여튼."

후유코가 먼저 침묵을 깼다.

"그 여자는 현재 행방불명이라 이거지?"

"그래. 그런데 너는 어때?"

내가 묻자 곧바로 답이 날아왔다.

"일단은 다케모토 유키히로의 집을 알아냈어. 도호쿠의 산골 마을이면 어떡하나 했는데 의외로 가까워. 아쓰기 쪽이야. 지금부터 말할 테니까 받아 적어."

후유코가 말한 주소와 전화번호를 메모했다.

"오케이! 고마워. 빨리 만나볼게."

"나도 가고 싶은데 좀 바빠서."

후유코가 미안해했다.

"혼자 가도 괜찮아."

"그 밖에 다른 일은 없어?"

잠시 생각한 후, 사카가미 유타카라는 남자하고 만날 약속을 잡아달라고 부탁했다. 그 사람도 여행에 참가했던 일행 중 하나인데 명단에는 '배우'라고 되어 있었다.

"알았어. 쉬운 일이네."

"고마워."

후유코에게 말하고 전화를 끊자마자 곧바로 다시 수화기를 들었다. 그리고 지금 막 받아 적은 다케모토 유키히로의 집 전화번호를 눌렀다.

"다케모토입니다."

젊은 남자의 굵은 목소리가 들렸다. 나는 이름을 대고 유키히로 씨에 대해 묻고 싶은 것이 있다고 말했다.

"당신이야?"

갑자기 남자의 목소리가 험악해졌다.

"요즘 우리 집 주변을 염탐하고 다니는 게?"

"예?"

"여기저기 캐고 다녔잖아?"

"무슨 말씀이신지? 저는 오늘 처음 댁에 대해 알게 됐는데요?"

순간 긴장하는 기척이 느껴졌다.

"아닌가. 그럼 정말 죄송합니다."

"저기요, 요즘 그런 일이 있으셨어요?"

"아니, 당신하곤 관계없는 일입니다. 신경이 좀 예민해져서요. 그런데 형하고는 어떤 관계이신가요?"

아마도 유키히로의 동생인 것 같았다.

"아뇨. 유키히로 씨하고는 아무 관계도 없습니다."

나는 평범한 추리작가인데, 해난 사고에 관한 소설을 쓰기 위해 취재 중이라는 요지의 이야기를 했다.

"예? 소설이요? 굉장하군요."

뭐가 굉장하다는 건지 알 수가 없었다.

"그래서 실은 작년 사고에 대해 여쭙고 싶은 게 있습니다. 괜찮으시다면 한번 찾아뵙고 이야기를 듣고 싶은데요."

"그거야 괜찮습니다만, 저는 회사에 다니고 있어서 7시 이후에나 가능한데요."

"그럼 다른 가족이라도."

"다른 가족은 없습니다. 저 하나입니다."

"아……."

"언제가 좋겠습니까?"

"가능하다면 최대한 빨리 뵙고 싶은데요."

"그럼 내일로 하죠. 내일 7시 반에 혼아쓰기역 근처에서. 괜찮으세요?"

"예. 괜찮습니다."

역 앞에 있다는 카페 이름을 듣고 수화기를 내려놓았다. 그가 했던 말이 머릿속에서 맴돌았다.

우리 집 주변을 염탐하고 다닌다?

무슨 일일까? 누가 무엇 때문에 다케모토 유키히로의 집을 조사하는 것일까?

　다음 날, 약속한 카페에서 다케모토 유키히로의 동생을 만
났다. 그가 내민 명함에는 ‘××공업주식회사 다케모토 마사
히코'라고 적혀 있었다.

　마사히코는 전화 목소리로 상상했던 것보다 훨씬 젊었다.
아마 이십 대 중반 정도일 것이다. 키가 크고 체형도 좋은 데
다 짧게 깎은 머리에 웨이브를 약간 줘서 깨끗한 인상이었다.

　"형에 대해 어떤 걸 알고 싶으세요?"

　그는 격식을 갖춰 물었다. 그의 입장에서는 내 목소리를 듣
고 좀 더 젊은 여자를 상상했을지도 모른다.

　"이런저런 것들이요. 사고를 당했을 때의 정황이나…….
그보다 우선 그분이 하시던 일에 대해 알고 싶어요."

　마사히코는 고개를 끄덕이며 주문한 홍차에 우유를 넣었
다. 손가락이 가늘고 매끈해 보였다.

　"추리작가라고 하셨죠?"

　홍차를 한 모금 마신 뒤 그가 물었다.

　"예."

　"그럼 다른 작가에 대해서도 잘 아시겠네요?"

　"꼭 그런 건 아니지만, 조금은 알고 있죠."

　"그럼 소마 유키히코라는 이름을 들어보신 적 있으세요?

외국에 관한 르포를 잡지사에 팔곤 했는데."

"소마?"

조금 생각한 뒤 고개를 저었다.

"죄송하지만, 르포 작가까지는 잘 모르는데요."

"그렇군요."

그가 들고 있던 찻잔을 다시 입에 댔다.

"그 사람이 왜요?"

내가 물었다.

그는 컵 안을 들여다보면서 "형이에요."라고 말했다.

"……."

"소마 유키히코는 형이 사용하던 필명입니다. 혹시 아실지 모르겠다 싶었는데, 역시 그리 유명한 사람이 아니라……."

"형님이 프리랜서 작가였다는 말씀이세요?"

놀라서 다시 한 번 물었다. 신문에는 자유업이라고만 쓰여 있었기 때문이다.

"예. 그래서 작년까지 오랫동안 미국에 있었습니다. 귀국한 후 한 번도 집에 오지 못하다가 그만 사고를 당하고 말았죠. 설마 일본에서 죽으리라고는 꿈에도 생각 못했습니다."

"가족은 두 분밖에 없으세요?"

"예. 사고 당시에는 어머니가 살아계셨는데, 겨울에 병으로 돌아가셨습니다. 형이 죽은 후 갑자기 쇠약해진 것 같아요.

작년 이맘때에는 건강하셨죠. 형의 시체를 확인한 것도 어머니였습니다. 그런데 형의 시체가 꽤 참혹했어요. 그게 어머니한테는 큰 충격이었던 것 같습니다."

"형님은 어떻게 돌아가신 건가요?"

"저도 자세히는 모릅니다만."

먼저 이렇게 전제하고 그는 말을 이었다.

"구조선이 무인도에 도착했을 때, 근처 바위에 매달린 모습으로 죽어 있었다고 합니다. 파도에 휩쓸려 바위에 부딪힌 것 같은데 사력을 다해 거기까지 헤엄쳤을 거라더군요."

그러고는 침을 삼켰다. 목젖이 크게 위에서 아래로 움직이는 게 보였다.

"하지만 이해하기 힘든 점도 있습니다."

그의 목소리가 조금 바뀌는 바람에 나는 무슨 일인가 싶었다.

"형은 학창 시절부터 만능 스포츠맨이었어요. 수영도 선수 못지않았죠. 그런 형이 혼자만 파도에 휩쓸렸다는 게 도무지 이해가 되지 않아요."

"……."

"물론 수영을 조금 잘한다고 그런 상황에서 큰 도움이 되지는 않았을 테지만요."

쓸데없는 소리를 했다며, 그는 앞에 놓인 물잔을 들어 마셨다.

"사고가 난 다음에야 귀국한 사실을 알았다고 하셨죠?"

"예."

"그럼 어떻게 해서 그 요트 여행에 끼게 됐는지도 모르시겠네요?"

"자세히는 모릅니다. 하지만 어머니 말씀으로는, 그걸 주최한 스포츠센터 쪽 사람하고 형이 알고 지내서 동행하게 됐다고 합니다."

"스포츠센터 관계자라면, 종업원이요?"

그의 말투에서 그 관계자가 회원이라고는 느껴지지 않았기 때문이다.

"글쎄요. 왜 그러세요?"

마사히코가 고개를 비틀며 대답했다.

"어머니는 그렇게만 말씀하셨어요."

"그럼 그 사람 이름도 모르시겠네요?"

"유감스럽게도……. 지금까지 그다지 신경을 쓰지 않아서요."

그럴지도 모르겠다는 생각이 들었다. 형이 죽었다는 사실 앞에서 사건의 전말은 그리 중요한 일이 아니었을 것이다.

"다케모토 유키히로 씨가 친하게 지냈던 사람은요?"

질문 방향을 바꾸기로 했다. 하지만 마사히코의 표정은 여전히 떨떠름했다.

"최근 몇 년 동안 떨어져서 지냈기 때문에 그런 건 전혀 모릅니다."

"그래요……."

"하지만 애인이 있었다는 건 알고 있습니다."

"애인?"

"사고 며칠 뒤, 형의 방을 정리하러 갔더니 아주 깨끗이 치워져 있었습니다. 어머니가 시체를 확인한 후 들렀을 때는 그렇지 않았다고 하더군요. 어떻게 된 일이지, 하고 생각하는데 책상 위에 메모가 있더군요. 형이랑 가깝게 지낸 사람인데 이런 일이 일어나서 너무 슬프다, 열쇠를 돌려주러 왔다가 청소를 하고 간다는 내용이었습니다. 그러고 나서 관리인에게 열쇠를 돌려준 여자가 있다는 얘길 들었습니다. 멋진 여자였다고 하더군요."

"그 메모 아직도 가지고 계세요?"

하지만 그는 고개를 저었다.

"한동안 가지고 있다가 버렸습니다. 그 여자 분한테 연락이 없어서요. 물론 마음이 쓰이긴 했지만."

"메모에 이름 같은 건 없었나요?"

"예."

"청소를 한 것 말고 유키히로 씨의 방에 달라진 점은 없었나요?"

"달라진 거라……."

마사히코는 뭔가 생각난 것 같은 표정을 지었다.

"형의 유품 중에서 없어진 게 있었습니다."

"그게 뭐죠?"

"술병이요."

"술병?"

"평평하고 납작한 모양의 금속으로 만든 술병입니다. 등산하는 사람들이 위스키 같은 걸 넣어갖고 다니는 거요."

"아!"

레저용품 전문점에서 본 적이 있다.

"옷 말고 형이 지니고 있던 유일한 유품이죠. 가죽 벨트로 허리에 묶여 있어서 파도에 그렇게 휩쓸렸는데도 그대로 있었습니다. 어머니가 다음 날 챙겨올 생각에 방에다 뒀다고 하셨는데 그것만 없어졌어요."

"예……."

누군지는 모르지만 왜 그런 걸 가져갔을까?

"그래서 어머니는 애인이 유품으로 가져간 걸 거라고 말씀했지요. 그런데 장례식에도 애인처럼 보이는 여자는 나타나지 않았습니다."

"그럼, 짚이는 여자 분은 없나요?"

"예. 아까 말씀드린 대롭니다."

"그래요……."

여자 이름 하나가 머릿속에 떠올랐다.

"마사히코 씨는 후루사와 야스코라는 여자 분을 아세요?"

일단 한번 물어봤다.

"후루사와? 아뇨."

기대를 저버리고 그는 고개를 가로저었다.

여행 참가자 명단을 꺼내 그 앞에 펼쳤다.

"그럼, 이 중에서 들어본 적 있는 이름이 있나요?"

그는 명단을 한동안 들여다보더니 짧게 한숨을 쉬고 말했다.

"없습니다. 이분들이 함께 여행했던 사람들입니까?"

"그렇습니다."

"오호!"

그 후에도 그의 표정에는 변화가 없었다.

"그런데…… 제가 전화했을 때 이상한 말씀을 하시던데요."

부드러운 표정을 잃지 않으려고 신경 쓰면서 다음 화제로 넘어갔다.

"당신 집을 염탐하고 다닌다고 하셨죠?"

마사히코는 쓴웃음을 짓고 옆에 놓여 있던 물수건으로 얼굴을 닦았다.

"죄송합니다. 틀림없이 그놈들과 한패라고 생각했거든요."

"그놈들?"

"하지만 사실 정체도 모릅니다."

"무슨 말씀이세요?"

"무슨 일인지는 저도 모릅니다."

그는 어깨를 으쓱해 보이더니 말을 이었다.

"이웃 아주머니한테 말을 건 게 처음이었죠. '다케모토 씨는 결혼했나요?' 하고 물어보더랍니다. 제 최근 행동을 꼬치꼬치 캐묻고 다니는 남자가 있다는 이야기를 들은 적이 있어서, 아주머니는 제 결혼 상대자 집에서 저에 대해 조사하는 줄로 착각했다더군요. 그뿐 아닙니다. 회사에도 제가 없는 사이 전화가 왔었죠. 최근 제가 결근한 날이 언제인지 조사했다더군요."

"예?"

순간적으로 경찰이 아닐까 생각했지만 곧바로 생각을 고쳤다. 경찰이라면 탐문 수사를 할 때도 신분을 밝힌다.

"그런 일을 당할 이유는 없으시고요?"

"없습니다. 결혼 계획도 없고요."

"이상하네요."

"그러게 말입니다."

다케모토 마사히코는 지긋지긋하다는 표정을 지었다.

◆◆◆

도대체 뭐가 뭔지 모르겠다. 마사히코를 만나고 돌아오는 길에 오다큐센을 타고 흔들리는 전철 안에서 머릿속을 정리했다.

우선, 가와즈 마사유키가 살해됐다. 그는 누군가가 자신을 노리고 있다는 걸 알고 있었고, 그 범인이 누구인지도 대충 짐작하고 있었다.

의문 하나. 왜 그는 그 사실을 경찰에 알리지 않았을까?

또 마사유키는 살해되기 직전 야마모리 스포츠플라자의 야마모리 다쿠야 사장을 만났다. 야마모리 사장은 단순한 취재였다고 했다.

의문 둘. 정말 단순한 취재였을까? 만약 그게 아니라면 무엇 때문에 만났을까?

다음, 가와즈 마사유키의 자료 중 일부가 사라진 것 같다. 니자토 미유키는 마사유키의 자료를 갖고 싶어 했다. 그 자료는 분명 지난해 일어났던 해난 사고에 관한 것이고, 그때 사고를 당한 것은 야마모리 사장을 중심으로 한 그룹이었다.

의문 셋. 그 자료에는 도대체 무엇이 쓰여 있었던 걸까?

게다가 니자토 미유키가 죽었다. 그녀는 확실히 뭔가를 알고 있었다.

도저히 알 수가 없어서, 나는 한숨을 내쉬었다.

아무리 잘 정리하려고 해도 혼란스러운 부분이 너무 많아 형태가 갖춰지지 않았다.

하지만 한 가지는 분명했다.

그것은, 이 일련의 사건들이 틀림없이 지난해 해난 사고에서 비롯되었다는 점이다.

특히 다케모토 유키히로의 죽음에 어떤 비밀이 숨겨져 있는 것 아닐까?

마사히코가 했던 말이 떠올랐다. 수영이 특기였던 형이 죽었다는 걸 이해할 수 없다는.

4장

경고

無人島より感謝を込めて

– 1 –

　이틀 뒤, 후유코와 함께 사카가미 유타카를 만나러 갔다.
택시를 타고 시모오치아이에 있는 그의 연습실로 가는 길에
다케모토 마사히코에게서 들은 이야기를 해주었다.

　"다케모토 유키히로의 동생을 누군가 조사했다는 게 마음
에 걸리네."

　후유코는 팔짱을 끼고 가볍게 아랫입술을 깨물었다.

　"도대체 누가 그런 짓을 했을까?"

　"사고를 당한 사람들 중 누구…… 아닐까?"

　"무엇 때문에?"

　"그야 모르지."

　말하면서 두 손 들었다는 포즈를 취했다. 모른다는 말이 아
예 말버릇이 되어버렸다.

　결국 이 문제는 보류해두기로 했다. 이것저것 보류된 채 의
문만 점점 늘어나고 있다.

　여하튼 오늘은 배우인 사카가미 유타카를 만나는 게 우선
이었다.

　연극을 거의 보지 않아서 몰랐는데, 후유코 말에 의하면 사

카가미 유타카라는 인물은 연극 무대를 중심으로 활동하는 신인이라고 한다.

"중세 유럽의 의상을 입으면 꽤 괜찮아 보이나봐. 노래도 제법 해서 기대주라고 하더군."

이게 사카가미에 대한 후유코의 평이었다.

"작년 사고에 대해 묻고 싶다고 했어?"

내가 물었다.

"응. 귀찮아할 거라 생각했는데 의외로 안 그러더라. 그런 사람들은 매스컴에 약하잖아."

"역시."

나는 다시 한 번 감탄하며 고개를 끄덕였다.

택시는 3층짜리 건물 앞에서 멈췄고, 우리는 곧바로 2층으로 향했다. 계단을 오르자마자 소파 하나가 덩그러니 놓여 있는 로비가 나타났다.

"여기서 기다려."

그렇게 말하고 후유코는 복도를 걸어갔다. 나는 소파에 앉아 주위를 둘러봤다. 벽에 포스터 몇 장이 붙어 있었다. 연극 홍보 포스터가 대부분이었으나 그중에는 미술 전시회 포스터도 섞여 있었다. 극단이 사용하지 않을 때는 대여 공간으로 이용되는 것 같다.

포스터 앞 투명 플라스틱으로 만들어진 작은 상자 안에 팸

플룻이 들어 있었다. 자유롭게 가져가세요, 라고 적혀 있다. 사카가미 유타카가 소속된 극단 것을 한 장 꺼내 접어서 핸드백에 넣었다.

잠시 후 후유코가 젊은 남자를 데려왔다.

"사카가미 씨야."

후유코가 소개해줬다.

사카가미 유타카는 검은색 탱크톱에 검은색 피트니스 팬츠를 입고 있었다. 드러난 몸의 근육은 매우 단단해 보였고, 피부도 적당히 그을려 있었다. 하지만 얼굴은 다정하게 느껴질 정도로 여성스러운 편이었다.

우리는 명함을 교환한 후 소파에 마주 앉았다. 이제까지 배우 명함을 본 적이 없었기 때문에 아주 흥미로웠다. 하지만 실제로는 '극단 사카가미 유타카'라고 적혀 있을 뿐 별로 특별할 건 없었다. 그러고 보니 내 명함이라는 것도 이름만 떡하니 적어놓은 게 다였다.

"본명이세요?"

내가 물었다.

"예."

목소리는 덩치에 비해 너무 작았다. 표정을 보니 왠지 긴장한 것처럼 보였다. 후유코에게 눈짓을 보내 용건을 꺼내기로 했다.

"실은 지난해 바다에서 당하신 사고에 대해 여쭈려고 찾아 뵈었습니다."

"들었습니다."

그는 들고 있던 타월로 이마를 닦았다. 하지만 이마에는 땀이 거의 없었다.

"빨리 끝내 드리겠습니다. 어떻게 그 요트 여행에 참가하시게 됐나요?"

"어떻게?"

그는 곤란하다는 표정을 지었다. 예상치 못한 질문이었나보다.

"참가하게 된 동기 말입니다."

"아……."

그가 위아래 입술을 축이는 게 보였다.

"이시쿠라 강사의 초대를 받았습니다. 자주 그곳을 이용해서 이시쿠라 씨와 친해졌거든요."

그리고 다시 타월로 이마를 닦았다. 내가 너무 집요한 것인지는 모르겠으나 이마에는 여전히 땀이 없었다.

"다른 분들과는 어떠셨어요? 야마모리 사장님과도 알고 지내셨나요?"

"가끔 얼굴을 보는 정도라 알고 지낸다고 하기에는……."

"그럼, 작년 여행 때 처음 만난 분들이 대부분이었겠네요?"

"뭐, 그렇습니다."

사카가미 유타카의 목소리는 작을 뿐만 아니라 억양이 전혀 없었다. 이걸 어떻게 받아들여야 할지 좀처럼 판단이 서질 않았다.

"무인도까지 헤엄쳐 갔다고 들었습니다."

"……예."

"모두 그 섬에 도착했나요?"

"그랬죠."

"그런데 도착 못한 한 분이 돌아가셨죠. 다케모토 씨라고."

나는 그의 눈을 바라보았다. 하지만 여전히 타월을 얼굴에 대고 있어서 표정을 읽을 수 없었다.

"왜 그분만 파도에 휩쓸렸을까요?"

조용히 물어봤다.

"글쎄요, 저는 잘……."

그는 고개를 옆으로 기울였다. 그리고 독백하듯 말했다.

"그 사람, 수영이 서툴러서 그런 거 아니었을까요?"

"수영이 서툴러요? 그렇게 말했어요?"

나는 놀라서 다시 물었다.

"아니……."

내 목소리가 너무 컸기 때문인지 그는 불안하게 눈동자를 이리저리 움직였다.

"잘못 생각했을지도 모릅니다. 그렇게 말했던 것 같아서요."

"……."

아무래도 이상했다. 다케모토 마사히코 말에 의하면 유키히로는 수영에 상당한 자신감을 갖고 있었다고 했다. 그런데 수영에 서툴다고 말했다니.

그렇다면 사카가미 유타카는 왜 이런 말을 하는 걸까?

그의 표정을 살펴보니, 금방 자신이 한 말을 후회하는 것처럼 보였다.

질문 방향을 바꾸기로 했다.

"사카가미 씨는 돌아가신 다케모토 씨와 친분이 있으셨나요?"

"아뇨. 그런 건…… 없었습니다."

"그럼 여행에서 처음 만나신 겁니까?"

"예."

"조금 전 사카가미 씨가 여행에 참가하게 된 동기를 여쭤봤는데, 다케모토 씨는 어떻게 참가했는지 아세요? 회원도 종업원도 아니었던 것 같은데요."

"아뇨. 저는 거기까지는 모르겠는데……."

"하지만 어느 분과 친분이 있었는지는 아시겠죠?"

"……."

사카가미 유타카는 입을 다물었다. 나 역시 그의 입술만 물끄러미 바라보며 아무 말도 하지 않았다. 그렇게 수십 초가 지난 후, 마침내 그의 입술이 떨리며 움직였다.

"왜…… 저한테 그런 걸 묻는 겁니까?"

나도 모르게 "예?"라는 말이 흘러나왔다.

"저한테 물을 필요가 없지 않습니까? 그런 거라면 야마모리 사장한테 묻는 게 낫지요."

목소리가 조금 잠기긴 했지만 어조는 강했다.

"사카가미 씨한테 여쭤면 안 되는 겁니까?"

"저는……."

그는 뭔가 이야기하려다 그 말을 삼켜버렸다.

"아무것도 모릅니다."

"그럼 또 질문을 바꾸죠."

"그러실 필요 없습니다."

그는 그렇게 말하고 일어섰다.

"이제 시간이 됐습니다. 그만 가서 연습을 해야 합니다."

"가와즈라는 사람도 함께 갔죠?"

물러서지 않고 말했다. 그는 나와 후유코의 얼굴을 번갈아 본 후 조그맣게 끄덕였다.

"니자토 미유키라는 여성 카메라맨도 있었습니다. 기억하세요?"

"그 사람이 왜요?"

"살해됐습니다."

그의 동작이 엉거주춤한 상태에서 순간 정지했다. 하지만 곧 그대로 일어나 우리를 내려다보았다.

"그 일과 제가 무슨 상관이죠? 대체 당신은 무엇 때문에 이런 걸 조사하는 거죠?"

"가와즈 마사유키는……."

호흡을 가다듬은 다음 말했다.

"제 애인이었습니다."

"……."

"더 이야기하자면, 범인은 요트 여행에 참가했던 사람들을 노리고 있습니다. 그러니까 다음은 당신일지도 모릅니다."

긴 침묵. 그동안 나와 사카가미 유타카는 서로의 눈을 바라보고 있었다.

시선을 피한 것은 그였다.

"연습이 있어서."

그렇게 말하고 그는 걷기 시작했다. 그의 등에 대고 무슨 말이든 하고 싶었다. 하지만 결국은 아무 말도 못한 채 눈으로만 그의 모습을 쫓았다.

"왜 그런 말을 했어?"

돌아오는 택시 안에서 후유코가 내게 물었다.

"그런 말이라니?"

"범인은 여행에 참가한 사람들을 노린다는 말……."

"아, 그거."

나는 쓴웃음을 지으며 혀를 살짝 내밀었다.

"그냥 말하고 싶었어."

이번에는 후유코가 웃었다.

"그럼 근거는 없는 거야?"

"이론적인 근거야 그렇지. 하지만 나는 정말 그렇게 믿어."

"직감?"

"그보다는 좀 더 설득력이 있을지 모르지."

"듣고 싶어."

좁은 차 안에서 후유코는 다리를 바꿔 꼬며 내게 몸을 기 댔다.

"단순해. 지금까지의 정보를 정리해보면 이런 결론이 나와. 작년에 일어난 보트 사고 말고 뭔가 다른 일이 일어났어. 그 리고 그 다른 일을 숨기려는 사람이 있어."

"그게 뭔지는 모르고?"

"안타깝게도 그래. 하지만 그게 도난당한 가와즈의 자료 속에 있었던 건 분명해. 그 자료를 손에 넣으려고 했던 사람 중 하나가 니자토 미유키. 그런데 살해됐어. 그러니까 이번 사건은 비밀을 알리려고 하는 사람이 아니라 지키려고 하는 사람이 당했을 가능성이 커."

"그럼 비밀을 지키려는 쪽이 여행에 참가했던 사람들……이라는 거야?"

"그래."

내 말을 들은 후유코는 입을 굳게 다물고 정면을 바라보면서 머리를 끄덕였다. 그리고 한동안 생각에 잠긴 눈빛으로 있다가 입을 열었다.

"그렇다면 앞으로 조사는 어렵겠네. 관계자들이 전부 입을 다물 테니까 말이야."

"당연히 그렇겠지."

사실 오늘의 사카가미 유타카만 봐도 그랬다.

"어떻게 할 거야? 이제 남은 건 야마모리 사장하고 아는 사람밖에 없는데."

"곧이곧대로 부딪히면 소용없어. 단정할 순 없지만 관계자가 모두 입을 다물기로 했다면 그걸 지시한 사람은 야마모리 사장일 거야."

"무슨 수가 있어?"

"그럼."

팔짱을 낀 채 빙긋이 웃었다.

"아주 없는 것도 아니야."

"어쩔 셈이야?"

"간단해. 야마모리 사장이 모두에게 어떤 지시를 내리고 있다 해도 한 사람에 대해서는 안 그럴 가능성이 커. 그 인물을 노리는 거야."

- **3** -

일요일, 나는 도쿄의 한 교회 앞에 와 있었다.

교회는 한적한 주택가 한가운데 있고, 옅은 갈색 벽돌담이 둘러져 있었다. 비탈길에 접해 있어서 2층에 입구가 있고, 거기까지는 계단을 이용해 올라가야만 했다.

1층은 주차장으로 쓰이고 있었다. 도로를 달려온 차 몇 대가 그곳으로 들어갔다.

나는 비탈길을 끼고 교회 반대편에 있는 버스정류장 벤치에 앉아 버스를 기다리는 척하며 건너편을 살폈다. 정확히는 주차장으로 들어가는 차를 보고 있었다.

야마모리 유미—시각장애를 지닌 소녀—를 만나 이야기를 듣는다. 그렇게 생각한 것까지는 좋았는데, 그게 상당히 어려운 일이라는 걸 금세 깨달았다. 그 소녀는 매일 특수학교를 다녔다. 하지만 운전사가 딸린 흰색 벤츠로 오갔기 때문에 등하교 길에 말을 거는 것은 불가능했다. 또 그 학교 학생들에게 물어 알아낸 바로는 학교 말고 밖에 나오는 것은 일주일에 두 번, 바이올린 레슨과 일요일에 교회에 오는 것이 전부라고 했다. 물론 이때도 운전사가 동행한다.

결국 교회에서 접근하기로 결정했다. 운전사는 유미를 교회 안까지 데려간 후 차로 되돌아갈 것이라 추측했기 때문이다.

버스정류장 벤치에 앉아 흰색 벤츠가 오기를 기다렸다. 이러고 있으니 버스정류장이라는 게 꽤 편리한 곳이라는 생각이 들었다. 여자가 혼자 멍하니 앉아 있어도 아무도 이상하게 생각하지 않으니 말이다. 이상하게 생각하는 것은 스쳐 지나가는 버스 운전사뿐이다.

기다리고 기다리던 흰색 벤츠가 모습을 드러낸 것은 그렇게 앉아 버스 대여섯 대를 보낸 직후였다.

벤츠가 빨려들 듯 교회 주차장 안으로 들어갔다. 나는 주위를 재빨리 둘러보고 사람이 없다는 것을 확인한 뒤 비탈길을 가로질러 교회 앞으로 갔다.

근처 건물에 숨어서 기다리자 이윽고 여자아이 두 명이 조심스럽게 주차장에서 걸어왔다. 한 명은 유미, 다른 한 명은 동갑내기처럼 보이는 여자아이였다. 아마 유미의 친구일 것이다.

나는 숨어 있던 건물에서 나와 잰걸음으로 두 소녀에게 다가갔다. 둘은 처음에는 내 존재를 전혀 알아차리지 못했다. 그러다 곧 유미의 친구가 먼저 나를 보고 의아하다는 시선을 보내며 걸음을 멈췄다. 당연히 유미도 그 자리에 섰다.

"왜 그래?"

유미가 친구에게 물었다.

"안녕!"

두 소녀에게 인사를 건넸다.

"안녕하세요?"

대답한 것은 친구였다. 유미는 불안한지 초점 없는 눈동자를 이리저리 굴리고 있었다.

"야마모리 유미?"

나는 유미가 거의 보지 못한다는 것을 알면서도 미소 지었다. 물론 유미의 굳은 표정은 좀처럼 풀릴 줄 몰랐다.

"에쓰, 누구야?"

유미가 물었다. 에쓰? 친구 이름인가 보다.

명함을 꺼내 에쓰라고 불린 친구에게 건넨다.

"읽어줄래?"

소녀는 한 글자씩 또박또박 내 이름을 읽었다. 유미의 표정에 약간의 변화가 나타났다.

"얼마 전 스포츠센터에서 만났던……."

"그래. 맞아."

기억하리라고는 기대하지 않았던 터라 반갑게 대답했다. 생각보다 총명한 아이인 것 같다.

내가 유미도 알고 있는 사람이라는 사실에 친구는 조금 안심하는 듯했다. 기회를 놓치지 않고 말을 꺼냈다.

"이야기하고 싶은 게 좀 있는데, 지금 괜찮겠어?"

"예? 하지만……."

"10분이면 되는데. 아니, 5분이면 돼."

유미는 입을 다물었다. 아무래도 친구가 마음에 걸리는 것 같았다.

나는 에쓰 쪽으로 돌아섰다.

"이야기가 끝나면 내가 예배당까지 데려다줄게."

"하지만……."

에쓰는 고개를 숙인 채 입을 다물었다.

"항상 함께 있으라고 하셨는데요."

"내가 있을 테니까 괜찮아."

하지만 소녀들은 둘 다 침묵을 지키고 있었다. 어느 누구도 결정권이 없기 때문에 잠자코 있을 수밖에 없는 것이리라.

"사람의 목숨과 관련된 일이야."

어쩔 수 없이 이렇게 운을 뗐다.

"그러니까, 작년 바다에서 당했던 사고와 관련된 거야. 유미도 그때 사고를 당했지?"

"작년······?"

유미가 긴장하는 게 보였다. 뺨이 약간 붉어지는가 싶더니 급기야 귀까지 새빨개졌다.

"에쓰."

유미는 아주 차분한 목소리로 친구를 불렀다.

"가자. 늦겠다."

"유미 양!"

그 애의 가느다란 팔을 잡았다.

"놓으세요!"

말투는 냉랭했지만 왠지 괴로워하는 것 같았다.

"네 도움이 필요해. 그 사고가 일어났을 때 다른 일이 있었지? 그걸 말해주면 돼."

"저는 아무것도 몰라요."

"모를 리가 없어. 너도 같이 있었으니까. 다시 한 번 말하지만, 이건 사람의 목숨과 관련된 일이야."

"······."

"가와즈라는 사람과 니자토라는 사람이 살해됐어."

과감히 사실을 밝히기로 했다. 유미의 표정이 확연히 달라졌다.

"그 두 사람의 이름은 알고 있겠지?"

유미는 입술을 굳게 다문 채 고개를 저었다.

"잊었을지도 모르지. 둘 모두 작년에 네 가족과 함께 요트를 타고 가다 사고를 당했던 사람들이야."

뭐라고요, 하듯 유미의 입이 벌어졌다. 하지만 목소리는 내 귀에 들리지 않았다.

"그때 일어난 사고에 뭔가 비밀이 있고, 그게 원인이 되어 두 사람이나 죽었어. 그래서 그 비밀을 알아야 해."

유미의 어깨를 두 손으로 잡고 얼굴을 들여다봤다. 유미는 내 모습을 보지 못할 텐데도 시선을 느꼈는지 얼굴을 돌려버렸다.

"저는 정신을 잃어서 기억하는 게 거의 없어요."

자기 몸만큼이나 가는 목소리였다.

"기억하는 것만 이야기해주면 돼."

하지만 대답하지 않았다. 슬픈 눈으로 두세 번 고개를 흔들었을 뿐이다.

"유미 양."

"안 되겠어요."

유미는 뒷걸음치며 허공에 대고 무언가를 찾듯 손짓을 했다. 에쓰가 유미의 손을 잡았다.

"에쓰, 나를 빨리 교회에 데려다줘."

에쓰는 울상이 되어 유미와 나를 번갈아 쳐다봤다.

"에쓰, 빨리!"

"응."

에쓰는 나를 신경 쓰면서도 그 애의 손을 잡고 조심조심 계단을 오르기 시작했다.

"기다려!"

나는 밑에서 외쳤다. 순간, 에쓰가 멈칫했다.

"계속 가."

곧이어 유미의 목소리가 들렸다. 에쓰는 다시 한 번 나를 돌아보더니 살짝 인사를 건네고는 유미를 계단 위로 데려갔다.

더 이상 두 소녀에게 말을 걸 수 없었다.

– **4** –

그날 밤, 후유코가 찾아왔다.

나는 낮에 있었던 일을 이야기했다.

"그래, 역시 실패했구나."

캔 맥주를 따면서 후유코가 맥 풀린 표정으로 말했다.

"예상보다 적의 보호막이 단단하군. 야마모리 사장이 딸에게까지 입막음을 지시했다니."

"응. 하지만 그런 것 같지는 않았어."

그렇게 말하며 훈제 연어 한 조각을 입에 넣었다.

"결과적으로는 제대로 거절당하긴 했지만, 걔 표정에 분명히 망설이는 기색이 역력했어. 입막음을 했다면 그런 얼굴은 하지 않았겠지."

"그게 무슨 소리야? 그럼 그 아이가 스스로 입을 다물기로 했다는 거야?"

"그런 것 같아."

"나는 잘 판단이 서질 않네."

후유코는 절레절레 고개를 흔들었다.

"그 사고 때 일어난 다른 일이라는 게 도대체 뭘까? 몸이 불편한 그런 애까지 비밀로 해야만 하는 게?"

"내 생각엔 그 애가 가족을 감싸려는 것 같아."

"감싼다고?"

"그래. 아버지인지 엄마인지는 모르겠지만, 그 사실을 말하면 가족이 불리해진다는 걸 알고 있다고 해야 하나."

"요컨대."

후유코는 맥주를 마시기 위해 말을 멈췄다 계속했다.

"그 애의 가족이 뭔가 안 좋은 일을 저질렀군."

"그 애의 가족만이 아니야."

내가 말했다.

"살아남은 사람 모두지. 가와즈 마사유키나 니자토 미유키도 포함해서 말이야."

♦♦♦

그날 밤은 왠지 좀처럼 잠이 오질 않았다.

미즈와리*를 몇 잔 마신 후 침대에 들어가자 이윽고 졸음이 몰려왔지만 그래도 이따금 눈이 떠졌다. 그리고 눈을 뜨기 직전에는 반드시 악몽을 꿨다.

그런 식으로 몇 번 악몽을 꾸고 눈을 뜨자 이상한 기분에 사로잡혔다. 말로 표현하기는 힘들지만 굳이 이야기하자면 마음이 산란했다.

침대 옆에 놓인 자명종을 보니 새벽 3시가 조금 지나 있었다. 침대에서 몸을 뒤척이다 베개를 껴안고 다시 한 번 잠을 청했다.

그런데 그때…….

쿵, 하는 소리가 났다. 뭔가가 가볍게 부딪히는 소리였다.

다시 눈을 떴다. 그리고 귀를 기울였다.

베개를 안은 채 한동안 그러고 있었다. 소리는 더 이상 들리지 않았다. 괜한 착각이었구나, 하는 순간 쩽그랑, 하는 금속음이 들렸다. 귀에 익숙한 풍경 소리였다.

뭐야, 바람 때문인가? 그렇게 생각하고 눈을 감았다가 다시 더 크게 떴다. 동시에 심장도 더 크게 쿵쾅거렸다.

● 위스키에 물을 섞어 마시는 방식

문단속을 단단히 했기 때문에 바람이 들어올 틈이 없다.

누군가 들어왔다……?

공포가 엄습했다. 베개를 쥔 손에 힘이 들어갔다. 겨드랑이 밑에 땀이 찼다. 심장은 더 크게 뛰었다.

또다시 희미하게 소리가 들렸다. 무슨 소리인지는 모르겠다. 금속음 같기도 하고, 조금 더 둔탁한 소리 같기도 하다.

내 담력을 시험해보기로 결심했다.

호흡을 가다듬은 다음 미끄러지듯 침대를 빠져나왔다. 그리고 발소리를 죽이며 문으로 다가가 소리가 나지 않게 조심조심 3센티미터 정도 문을 열고 밖을 내다봤다.

거실은 어두워 아무것도 보이지 않았다. TV 위에 놓인 비디오의 녹색 디지털 글씨만이 빛을 발하고 있었다.

한참을 그러고 있었지만 인기척은 없었다. 소리도 나지 않았다. 얼마 지나지 않아 눈이 어둠에 익숙해졌다. 하지만 아무리 봐도 실내에 누가 숨어 있는 것 같지는 않았다. 풍경도 멈춘 그대로였다.

나는 과감하게 문을 조금 더 열었다. 그래도 아무 변화가 없었다. 낯익은 공간이 평소 모습 그대로 거기 있을 뿐이었다.

심장박동이 조금 느려졌다.

주위를 둘러보며 천천히 일어나 벽에 있는 스위치를 찾아 켰다. 낮은 조명이 방 안 전체를 밝혔다.

아무도 없었다. 이상한 점도 없었다. 자기 전에 마셨던 위스키 잔도 그 자리에 그대로 있었다.

기분 탓인가?

안도하며 마음을 진정시키려 했다. 신경이 너무 예민해진 거라고 생각했다. 하지만 그런 말로는 표현할 수 없는 무언가가 여전히 가슴 속에 남아 있었다.

피곤해서 그래. 스스로를 납득시키기 위해 그렇게 생각했다.

하지만 다시 불을 끄고 방으로 돌아가려는 순간, 이번에는 전혀 다른 소리가 내 청각을 끌어당겼다. 그 소리는 다른 방, 서재에서 들려왔다. 낯익은 소리였다. 전원이 켜진 컴퓨터에서 나는 소리였다.

이상하네?

일을 마친 후 분명히 전원을 껐다. 다시 켠 기억이 없었다.

조심스럽게 서재 문을 열었다. 당연히 그 방의 불도 꺼져 있었다. 그러나 그 어둠 속에서 창가에 놓인 컴퓨터만이 환한 빛을 내고 있었다. 역시 전원이 켜진 상태였다.

내 몸 속에서 꿈틀대고 있던 공포가 되살아났다. 심장박동이 다시 빨라졌다. 불안감에 휩싸인 채 천천히 책상으로 다가갔다. 그리고 워드프로세서에 적혀 있는 글자를 본 순간, 더 이상 다리가 움직여지지 않았다.

손을 떼지 않으면 죽는다.

숨을 크게 들이쉬었다가 시간을 두고 천천히 내뱉었다. 역시 침입자가 있었다. 나에게 메시지를 남기기 위해 온 것이다.

손을 떼지 않으면 죽는다……고?

누가 이런 협박을 했는지 상상조차 할 수 없었다. 하지만 그자는 내 행동을 알고 있다. 그리고 두려워하고 있다. 방법은 서툴렀을지 모르지만 우리는 틀림없이 실체에 다가가고 있었던 것이다.

창문 커튼을 열었다. 방 안과 대조적으로 밖은 의외로 밝았다. 컴퍼스로 그려놓은 것 같은 둥근 달이 구름 속에 두둥실 떠 있었다.

이제 와서 손을 뗄 수는 없지. 달을 보며 중얼거렸다.

- **5** -

유미와 교회에서 이야기를 나누고 3일이 지난 뒤 나는 야마모리 스포츠플라자를 찾아갔다. 아주 맑은 목요일이라 자외선 차단 파운데이션을 평소보다 두껍게 바르고 집을 나섰다.

야마모리 다쿠야는 다시 한 번 만나고 싶다는 내 요청을 흔쾌히 받아들였다. 용건도 묻지 않았다. '모든 것을 알고 있다.' 그런 뜻인지도 모른다.

센터에 도착하자마자 곧장 2층 사무실로 올라가 하루무라 시즈코에게 말을 걸었다. 그 여자는 오늘도 흰색 블라우스를 입고 있었다.

"사장님과 만나기로 하셨나요?"

사내 전화를 들려고 하기에 손을 내밀어 멈추게 했다.

"그렇긴 한데, 아직 시간이 조금 있습니다. 그래서 또 잠깐 부탁드릴 게 있는데요."

"무슨 일이신데요?"

"처음 여기 왔을 때 이시쿠라라는 강사님을 소개받았는데 그분을 만나고 싶어서요."

"이시쿠라 씨를……요?"

그녀의 시선이 잠시 먼 곳을 향했다.

"지금 바로요?"

"가능하다면요."

"알겠습니다. 잠깐만 기다려주세요."

시즈코는 수화기를 들고 3번 버튼을 눌렀다. 그리고 상대가 나오자 이시쿠라를 호출해 내 청을 전했다.

"지금 마침 시간이 비었다고 하네요."

"감사합니다. 헬스장으로 가면 되겠죠?"

"예. 저기, 안내해드릴까요?"

"괜찮습니다."

다시 한 번 시즈코에게 인사하고 사무실을 나섰다.

헬스장으로 가자 이시쿠라 혼자 벤치 프레스를 하고 있었다. 오늘은 손님이 거의 없었다. 두세 명이 달리기를 하거나 자전거를 타고 있는 정도였다.

굵은 막대 같은 이시쿠라의 팔이 수십 킬로그램은 될 법한 바벨을 가볍게 들어 올리는 것을 보면서 다가가자 그도 나를 알아보고 싱긋 웃었다. 자신감으로 가득한 웃음이지만 그다지 마음에 들지는 않았다.

"미인 작가를 가까이에서 뵙게 되어 영광입니다."

떨어지는 구슬땀을 스포츠 타월로 닦으며, 그는 무엇보다 내가 가장 싫어하는 종류의 농담을 던졌다.

"여쭤보고 싶은 게 있어서요."

"뭐든 물어보세요. 힘닿는 데까지 도울 테니까요."

어디선가 의자 두 개를 가져온 다음 오렌지 주스 캔을 내밀었다. 전과 마찬가지로 중년 여성들에게 인기가 있을 법한 인상이다.

"실은, 지난해 바다에서 일어난 사고에 대한 건데요. 아, 감사합니다."

그가 캔을 따서 내밀었다. 우선 한 모금 마셨다.

"이시쿠라 씨도 사고를 당하셨죠?"

"그랬죠. 정말 엄청난 일을 당했죠. 여름 한철 내내 해야 할 수영을 그때 다 했으니까요."

그리고 흰 이를 드러내며 웃었다.

"돌아가신 건 한 분이었죠?"

"예. 남자였죠. 다케모토 씨였나?"

별일 아니라는 듯 말하고 이시쿠라는 벌컥벌컥 목울대를 울리며 주스를 마셨다.

"그분은 미처 대피를 못하셨나요?"

"아닙니다. 파도가 삼켜버렸죠. 호쿠사이(北齋)가 그린 '가나가와의 파도' 같은 어마어마한 파도가, 이렇게, 확 덮쳤습니다."

그는 오른손으로 파도가 얼마나 컸는지를 표현했다.

"그분이 없어진 걸 언제 아셨습니까?"

"그건……."

이시쿠라는 힘없이 고개를 숙였다. 일부러 그러는 건지 아닌지 판단이 서질 않았다.

"무인도에 도착하고 나서였지요. 헤엄을 치는 동안에는 다른 사람을 살필 여유가 없었거든요."

"무인도에 도착하고 나서야 한 사람이 빠졌다는 걸 알았다는 거군요?"

"그렇게 됐습니다."

"구하러 갈 수는 없었나요?"

내 질문에 이시쿠라는 순간 입을 굳게 다물었다. 그러고는 조금 무거운 분위기로 다시 입을 열었다.

"성공률이 아주 낮다고 판단했고."

잠시 말을 끊었다가 계속했다.

"그 사람을 구하러 다시 바다에 뛰어들 엄두도 나지 않았습니다."

그러곤 주스로 목을 축였다.

"어쨌든 성공률이 아주 낮다고 생각했습니다. 실패하면 내 생명도 잃게 될 테고. 우리로선 그런 도박을 할 수 없었습니다. 설령 누군가 시도하려 했다 해도 말렸을 겁니다."

"그랬겠죠."

말은 그렇게 했지만 그의 말을 전적으로 믿지는 않았다.

"무인도에서는 어떻게 지내셨나요?"

질문을 바꾸기로 했다.

"별로, 아무것도 하지 않았습니다. 그저 우두커니 기다리기만 했죠. 혼자가 아니라 그래도 조금은 안심이 되더군요. 반드시 구조대가 올 거라는 믿음도 있었고요."

"그랬군요."

더 이상 물어봐야 새로운 정보를 얻을 것 같지도 않았다.

"감사합니다."

가볍게 고개를 숙이며 인사말을 건넸다.

"운동 중이셨죠? 계속하세요."

"운동이요?"

그는 되물은 후 머리를 긁적였다.

"벤치 프레스 말입니까? 그냥 심심해서 놀고 있었던 겁니다."

"하지만 굉장하던데요."

이건 솔직한 감상이었다. 누구에게나 장점은 있다.

이시쿠라는 흐뭇했는지 눈꼬리가 내려갔다.

"당신 같은 사람한테 칭찬을 받으니 감격스럽군요. 하지만 대단한 건 아닙니다. 한번 해보시겠어요?"

"제가요? 어떻게?"

"한번 해보시죠. 여기 누워보세요."

너무 열심히 권해 내친김에 조금만 해보기로 했다. 오늘은 편안한 바지 차림이라 움직이긴 편했다.

벤치에 눕자 그가 위에서 바벨을 건넸다. 무게를 조절했는지 양옆에는 얄팍한 원반이 한 장씩 끼워져 있었다.

"어때요?"

그가 얼굴 위에서 물었다.

"이 정도면 괜찮을 것 같아요."

두세 번 정도 들었다 놨는데 별로 부담은 되지 않았다.

"그럼 조금만 더 무겁게 해보죠."

그렇게 말하고 이시쿠라는 어딘가로 사라졌다. 나는 몇 번
더 바벨을 위아래로 움직였다. 테니스부에서 활동하던 학창
시절에는 체력에 꽤 자신감이 있었는데 최근에는 거의 운동
을 하지 않았다. 낑낑대며 온 힘을 내는 것이 아주 오랜만이
었다.

　이 기회에 나도 스포츠클럽에 다녀볼까, 그런 생각을 하고
있을 때였다.

　이시쿠라가 돌아오는 기척이 났다.

　"이시쿠라 씨, 이제 됐어요. 갑자기 심한 운동을 하면 근육
통이 생길 것 같아서요."

　하지만 대답이 없었다. 어찌 된 일인가 싶어 다시 한 번 말
을 걸려고 하는데 갑자기 눈앞이 새하얘졌다.

　젖은 타월이 얼굴을 덮었다는 것을 깨닫는 데 이삼 초쯤 걸
렸다. 소리를 지르려고 할 때 갑자기 팔에 무게감이 실렸다.

　누군가가 바벨을 위에서 내리누르고 있었다. 필사적으로
버텼지만 바벨이 목을 파고들어왔다. 소리를 지르려고 해도
팔에 온 힘을 싣느라 소리가 나오지 않았다. 두 발로 뭔가를
할 여유도 없었다.

　팔이 저리면서 바벨을 쥐고 있다는 감각이 사라졌다. 숨쉬
기도 힘들었다.

　이제 더 이상 못 버티겠어…….

그렇게 생각하며 맥을 놓으려는 순간, 갑자기 바벨의 중량감이 사라졌다. 목구멍을 파고들던 압박감도 사라졌다. 동시에 누군가의 발소리가 들렸다.

나는 바벨을 잡은 채 숨을 가다듬었다. 헉, 헉, 폐에서 목을 통해 쇳소리가 나왔다.

문득 바벨이 붕 뜨는 것 같은 느낌이 들었다. 바벨이 내 손을 떠나 어딘가로 옮겨진 듯했다.

여전히 저린 팔을 움직여 얼굴을 덮고 있던 타월을 치웠다. 눈앞에 어디선가 본 얼굴이 나타났다.

"이런!"

상냥한 얼굴을 하고 있는 사람은 야마모리 다쿠야였다.

"꽤 열심이신 것 같은데 무리는 금물입니다."

"야마모리…… 사장님."

정신을 차리고 보니 땀을 흠뻑 흘리고 있었다. 머리에 피가 몰려 귓불까지 뜨거웠다.

"하루무라에게 물었더니 이리로 오셨다고 해서 뵈러 왔습니다."

"야마모리…… 사장님, 저기, 방금 여기에 누가 있지 않았나요?"

"누구라니요?"

"모르겠습니다. 하지만 누군가 있었던 것 같은데."

"글쎄요."

그는 고개를 갸웃했다.

"내가 왔을 때는 아무도 없었습니다."

"아, 예……."

목을 만져봤다. 바벨로 내리눌린 감각이 생생하게 남아 있다. 누군가 나를 죽이려 한 것일까? 설마…….

그러는 동안 이시쿠라가 돌아왔다. 두 손에는 바벨에 끼울 원반이 들려 있었다.

"무슨 일이십니까?"

이시쿠라는 태연한 목소리로 물었다.

"뭐야? 손님을 혼자 남겨놓고 어딜 갔다 온 거야?"

야마모리 사장이 한마디 했다.

"체력을 키우는 데 도움이 될 것 같아서요."

"저기……, 이시쿠라 씨, 저는 이제 됐어요."

나는 손사래를 쳤다.

"이제 충분히 알았어요. 역시 힘이 드네요."

"그래요? 유감이네요. 스스로의 능력을 알게 해드리고 싶었는데."

"파악했으니 됐어요. 정말 감사합니다."

"그렇습니까."

그래도 여전히 미련이 남았는지 그가 바벨을 쳐다봤다.

"그럼 갈까요?"

야마모리 사장의 말을 듣고 일어섰다. 여전히 다리가 후들거렸다.

— **6** —

사무실로 가니, 야마모리 부인이 사장실에서 나오고 있었다.

"무슨 일이야?"

야마모리 사장이 입을 뗀 뒤에야 부인은 우리를 발견한 듯했다.

"좀 상의할 일이 있어서요. 그런데 손님이 있는 것 같네요."

부인이 우리 쪽을 보기에 인사를 건넸지만 역시 무시당하고 말았다.

"그럼 잠깐만 기다려. 유미는 같이 안 왔어?"

"오늘은 차 모임에 갔어요."

"그렇군. 그럼 한 시간 뒤에 보지. 이리로 오시죠."

야마모리 사장이 문을 열어주었다. 나는 다시 한 번 부인에게 인사를 한 후 안으로 들어갔다. 마치 찌르는 것 같은 그녀의 시선이 내 등에 꽂히는 느낌이었다.

사장실에 들어오자 그가 내게 자리를 권했다. 내가 앉는 것과 거의 동시에 비서가 방을 나갔다. 아마도 마실 걸 준비하기 위해서일 것이다.

"당신 소설을 읽어봤습니다."

자리에 앉자마자 그가 먼저 말을 꺼냈다.

"재미있던데요. 복수라는 걸 좋아하진 않지만 특이하게 범인한테 의욕이 없다는 게 마음에 들었어요. 그럴듯한 논리를 늘어놓으면서 복수하는 소설은 재미없거든요."

무슨 대답을 해야 할지 몰라 "그러세요?" 하고 애매하게 대꾸했다.

"하지만 솔직히 말씀드리자면 불만도 있습니다. 가장 불만스러운 건 복잡한 트릭을 범인의 유서로 밝힌 점입니다. 필요도 없는데 범인이 멋대로 고백하는 건 좀 그렇더군요."

"그 말씀이 맞아요. 제가 재능이 없어서요."

"아니, 그런 말이 아니었습니다."

그가 겉치레 말을 무마하려 할 때 비서가 아이스커피를 들고 나타났다.

나는 빨대의 종이 포장을 뜯으며 바벨에 대해 생각했다. 물론 내 목을 내리누르던 그 바벨에 대해서.

누군가 내 얼굴에 젖은 타월을 덮고 바벨을 위에서 눌렀다. 누굴까?

내 앞에 있는 야마모리 사장일까?

냉정하게 생각하면 범인은 나를 죽일 의도가 없었던 게 분명하다. 그런 곳에서 사람이 죽으면 큰 소동이 일어나고, 곧장 범인이 밝혀지게 될 테니 말이다.

그렇다면 이건 경고다.

어젯밤 내 방에 숨어 들어왔던 것과 마찬가지로 내게 경고를 할 생각이었던 것이다. 손을 떼라고.

그리고 그 사람은 틀림없이 이 센터에 있다…….

"아이스커피 맛은 어떠신지?"

갑자기 질문을 받아 깜짝 놀랐다. 생각에 잠겨 커피 잔만 물끄러미 쳐다보고 있었던 모양이다.

"작가 선생께서 오늘 왜 오셨는지 대충 알 것 같습니다만."

아이스커피를 맛있게 마시는데, 그가 말했다.

"1년 전에 도대체 어떤 일이 일어났을까. 그걸 묻고 싶으신 거죠?"

"……."

"그 질문을 하기 위해 여러 사람을 만나고 다녔지요. 가네이 군과 사카가미 씨, 그리고 우리 딸도 찾아가셨더군요."

"잘 알고 계시네요."

"그럼요. 가족 같은 사람들이니까요."

가족, 이라고?

"하지만 아무도 진실을 말하지 않더군요."

야마모리 사장은 소리 없이 미소만 지었다.

"왜 진실이 아니라고 단정하시죠?"

"그거야……."

나는 그의 단정한 얼굴을 보며 물었다.

"진실이 아니지 않나요?"

그가 무슨 재미난 이야기라도 들은 것처럼 얼굴을 활짝 폈다. 그러고는 소파에 몸을 기대고 담배를 꺼내 불을 붙였다.

"왜 그 사고에 매달리시는 겁니까? 당신하고 아무 관계도 없고, 우리한테도 지나간 일인데요. 잊을 수 없는 일이긴 하지만 들춰내 따질 일도 아니죠."

"하지만 저는 그 사건 때문에 사람이 죽었다고 확신하고 있어요. 가와즈와 니자토 씨 말입니다. 그리고 가와즈 씨는 제 애인이었어요."

가만히 고개를 흔들던 그는 잠시 후 "이거 난처하군요." 하고는 담배를 깊이 빨았다.

"어제 형사가 찾아왔습니다."

"형사가요? 사장님을 보러 온 건가요?"

"그렇습니다. 가와즈 씨와 니자토 씨가 공통으로 관련된 게 작년 어떤 잡지에 연재한 기행문이라고 하더군요. 그래서 그 일과 관련된 사람들을 만나고 있는 것 같더군요. 이런 질문을 받았습니다. 뭔가 짚이는 게 있냐고."

"없다고 말씀하셨겠지요."

"당연하죠."

그가 딱 잘라 말했다.

"왜냐면 실제로 없었기 때문입니다. 당시 우리는 사고를 당했고, 불행하게도 한 명의 희생자가 생겼습니다. 그뿐입니다."

"믿을 수 없어요."

"믿지 못하시겠다니 곤혹스럽군요."

낮게 울리는 저음으로 말하는 야마모리 사장은 여전히 미소를 짓고 있었다. 하지만 눈은 전혀 웃고 있지 않았다.

"믿지 못하시겠다니 곤혹스럽군요."

다시 한 번 그가 말했다.

"하지만 단순한 해난 사고였습니다. 그 이상도 그 이하도 아닙니다."

그 말에는 대답하지 않은 채 최대한 감정을 누르며 말하려고 애썼다.

"부탁드릴게요. 따님을 만나고 싶습니다."

"유미를?"

그의 한쪽 눈썹이 올라갔다.

"딸한테 무슨 용건이?"

"한번 더 묻고 싶은 게 있어요. 저번에는 도망쳐버렸지만요."

"몇 번을 물어도 마찬가지일 겁니다. 시간 낭비입니다."

"그렇게 생각하지 않습니다. 여하튼 따님을 만나게 해주세요. 아무 일도 없었다면 걱정하실 일도 없지 않겠어요?"

"그건 곤란합니다."

그의 눈빛은 완전히 나를 거부하고 있었다.

"딸은 그 사고로 큰 충격을 받았습니다. 그래서 우리 부부는 그 일을 빨리 잊게 하려고 노력 중입니다. 그 당시 유미는 거의 정신을 잃고 있어서 무슨 일이 있었는지 제대로 기억도 못합니다. 혹 기억하는 게 있다 해도 아무 일도 없었다는 것 정도일 겁니다."

"결국 만나게 해주지 않으시겠다는 건가요?"

"그렇습니다."

그는 냉정하게 말하고는 내 반응을 확인하기 위해 나를 바라보았다. 내가 잠자코 있자 만족한 것 같았다.

"이제 아셨겠죠?"

"어쩔 수 없죠."

"그럼 됐군요."

"대신 가르쳐주셨으면 하는 게 있습니다."

뭐든지 물어보라는 뜻으로 그가 왼손을 내밀었다.

"우선 다케모토 유키히로 씨에 대한 겁니다. 그분은 어떤 관계로 여행에 참가하게 된 거죠? 회원도 종업원도 아니던데요."

모두 그를 모른다고 했다. 정말 이상한 일이었다.

"분명 회원은 아니었습니다."

야마모리 사장은 별일 아니라는 듯 말했다.

"그러나 손님 자격으로 자주 오셨죠. 특히 실내 수영장에요. 사실 저도 수영장에 자주 가는 편이라 어느새 친해졌죠. 그래서 요트 여행에 초대했던 겁니다. 하지만 그 이상의 관계는 아니었습니다."

야마모리 사장이 예전에 수영선수였다는 사실이 떠올랐다. 동시에 다케모토 유키히로 씨가 수영을 특히 잘했다는 사실도.

"그럼 사장님 소개로 참가했다는 말씀이네요."

"그렇습니다."

나는 고개를 끄덕이며 긍정하는 태도를 보였지만 완전히 믿진 않았다. 그의 말에 모순점은 없었다. 하지만 그와 다케모토의 관계를 아무도 몰랐다는 점이 마음에 걸렸다.

"다케모토 씨 말고도 또 다른 외부인이 있던데요. 후루사와 야스코 씨라는 사람입니다."

"아…… 그랬습니다."

"이분도 사장님과 관계있는 분이신가요?"

"예. 그렇습니다."

야마모리 사장의 목소리가 조금 커졌다. 부자연스러울 정도로 컸다.

"마찬가지로 수영장에서 늘 보던 얼굴이었죠. 하지만 그 사고 이후로는 만나지 못했습니다."

"연락도 없었나요?"

"예. 아무래도 꺼려졌겠죠."

"후루사와 야스코 씨가 이사했다는 건 아세요?"

"이사요? 아뇨, 그랬습니까?"

그가 가벼운 헛기침을 했다. 흥미가 없다는 걸 태도로 드러
낸 것이다.

"자…… 그럼."

내 질문이 끊기자 그는 기다렸다는 듯 손목시계를 보며 일
어섰다.

"다 끝났죠? 죄송하지만 다음 스케줄이 있어서요."

어쩔 수 없이 나도 서둘러 자리에서 일어섰다.

"여러 가지로 고마웠습니다."

"그럼, 최선을 다해주세요. 다만……."

그가 내 눈을 바라보며 말했다.

"너무 지나치게 관여하진 마시기 바랍니다. 어떤 일에든 물
러나야 할 때가 있는 법이니까요."

밝게 이야기하려고 했을지 모르지만 내 귀에는 아주 음산
하게 들렸다.

사무실 문까지 비서가 배웅을 해주었다. 이 여성의 이름은
필시 무라야마 노리코일 것이다. 역시 작년 여행에 함께 갔

던 인물이다.

"당신 말씀도 한번 듣고 싶은데요?"

헤어질 때 슬쩍 물어봤다. 하지만 그녀는 미소를 지은 채 천천히 고개를 저었다.

"필요 없는 말은 하지 않는 게 비서의 임무라서."

예쁜 목소리였다. 무대에라도 선 것처럼 또박또박 말했다.

"어떻게 안 될까요?"

"예."

"유감이네요."

그녀가 다시 미소를 지었다.

"선생님 책, 읽어봤습니다. 아주 재미있더군요."

선생님이라는 건 나를 두고 하는 말일 것이다. 조금 당황스러웠다.

"그래요? 감사합니다."

"앞으로 더 재미있는 글을 써주세요."

"열심히 하겠습니다."

"그걸 위해서라도 쓸데없는 걸 찾아다니는 건 그만두는 게 나을 것 같은데요."

"……."

뭐라고?

그녀의 얼굴을 보자 그녀는 다시 아름다운 미소를 지어 보였다.

"그럼 실례하겠습니다."

그리고 그녀는 뒤돌아섰다. 어처구니없는 일을 당한 터라 사라지는 여자의 멋진 뒷모습을 멍하니 쳐다보고만 있었다.

– 7 –

그날 밤 나는 오랜만에 후유코의 집을 찾았다. 후유코의 본가는 요코즈카에 있는데 혼자 이케부쿠로에 방을 빌려 살고 있다.

"당했다고?"

테이블 위에 피자를 올려놓으며 후유코가 놀라 물었다. 벤치 프레스를 할 때 생긴 일에 대해 이야기했기 때문이다.

"당하긴 했는데 진심은 아니라고 생각해. 아마 경고일 거야."

손톱을 깎은 다음 줄로 다듬으면서 말했다.

"경고라고?"

"응. 더 이상 접근하지 말라는 거지. 사실은 말이야, 어젯밤에도 비슷한 경고를 받았어."

"어젯밤? 무슨 일이 있었는데?"

나는 어제 일어났던 워드프로세서 경고문에 대해 이야기했다. 후유코는 무서운 걸 보기라도 한 것 같은 얼굴로 고개를 한 번 가로저었다.

"누가 그런 짓을……"

"대강 짚이는 구석은 있어."

나는 피자에 타바스코를 뿌리고 한 입 베어 물었다. 편의점 냉동 코너에서 산 것이지만 맛은 기가 막혔다.

"사고와 관련된 사람이야. 그들은 모두 그날 일에 대해 언급을 피하고 있어. 그들 입장에서 보면 내가 귀찮고 시끄러운 존재이겠지."

"왜 그렇게까지 숨기려고 하는지 궁금하네."

후유코도 피자에 손을 댔다. 미즈와리를 한 잔 더 만들었다.

"대충 추리는 끝났어. 아마 다케모토 씨의 죽음하고 관련이 있을 거야."

"그 추리라는 거, 한번 들어보자."

"아직 말할 단계는 아니야. 직접적인 증언을 얻지 않고서는."

"하지만 그들이 입을 다물고 있다고 했잖아?"

"교활한 어른들한테 물어봐야 소용없어. 순수한 마음에 호소하는 수밖에."

"그렇다면…… 또 유미를 만나 이야기해보겠다는 거야?"

나는 고개를 끄덕였다.

"하지만 그 아이의 마음을 열기 위해서는 단서가 필요해. 지금 이대로라면 아무리 많이 만나 이야기를 한다 해도 소용

없어. 상당히 의지가 강한 여자애야."

"단서라……"

어려운 일이네, 하며 후유코가 두 번째 피자에 손을 뻗으려는 순간 전화가 울렸다. 전화기는 내 옆에 있었다.

"틀림없이 업무 전화겠지"

그렇게 말하며 나는 하기오 대신 수화기를 들었다.

"여보세요."

"여보세요? 사카가미라고 합니다만."

"사카가미 씨…… 사카가미 유타카 씨라고요?"

내 말에 후유코가 입으로 가져가던 피자를 그릇에 다시 내려놓았다.

"그렇습니다. 저기, 하기오 씨입니까?"

"아뇨. 저는 지난번 하기오와 함께 만났던 사람입니다."

"아, 추리작가라는……"

"잠깐만 기다리세요."

나는 송화구를 손으로 막고 후유코에게 건넸다.

"예. 하기오인데요."

후유코는 약간 딱딱한 말투로 전화를 받았다.

"예……. 예? 대화요? 그건 어떤……. 예……. 그래요?"

이번에는 그녀가 송화구를 막고 나를 봤다.

"중요한 이야기가 있다고 만나자는데, 아무 때나 괜찮아?"

"좋아."

후유코는 수화기에 대고 말했다.

"언제든지 괜찮습니다."

중요한 이야기……라니?

무슨 일일까. 지난번 만났을 때는 지극히 애매한 대답만 했었다. 그때 한 질문에 대답을 해주겠다는 걸까?

"예, 알겠습니다. 그럼 내일……."

그렇게 말하고 후유코는 전화를 끊었다. 왠지 그녀의 뺨이 발갛게 상기된 것처럼 보였다.

"만날 장소하고 시간은 정했어?"

내가 물었다.

"스케줄을 확인한 다음 내일 밤 다시 전화하겠대."

"그래?"

가능하다면 지금 당장이라도 만나고 싶었다.

"중요한 이야기라는 게 뭘까?"

내 물음에 후유코는 고개를 흔들었다.

"만나서 이야기하겠대. 그 해난 사고에 대한 것일지도 모르지."

그럴 가능성이 높다고 생각했다. 그가 우리한테 할 말이 있다면 그것밖에 없다.

"만약 그렇다면, 왜 말을 하기로 했을까? 전에는 그렇게 거절해놓고."

"글쎄."

후유코가 어깨를 한 번 으쓱하더니 말했다.

"양심의 가책을 느꼈나보지."

"그럴지도 모르지."

나는 식어버린 피자를 베어 물고 위스키를 마셨다. 왠지 조금 흥분이 됐다. 하지만 피자 같은 것을 먹고 있을 때가 아니었다.

다음 날 우리는 그 사실을 깨닫게 되었다.

◆◆◆

문제의 다음 날 저녁, 나는 어떤 출판사로 가서 구보라는 편집자를 만났다. 소마 유키히코라는 작가—다케모토 유키히로—에 대해 이것저것 캐물은 결과 짐작가는 데가 있다고 말한 사람이 바로 구보였다. 구보는 최근까지 잡지를 만들었는데 지금은 문예 서적을 맡고 있었다.

소박한 테이블이 놓인 로비에서 우리는 마주 앉았다. 로비에는 우리 말고 아무도 없었다. 구석에 있는 TV에서는 만화 영화 프로그램이 재방송되고 있었다.

"소마 유키히코는 아주 재미있는 남자였습니다."

이마에 흐르는 땀을 닦으면서 구보가 말했다. 배가 꽤 나와서 그런지 훨씬 더워 보였다.

"훌쩍 혼자 외국으로 가곤 했습니다. 일하면서 취재하는 타입이었죠. 활동력 하나는 끝내줬어요."

"그런데 잘 팔리진 않았나 봐요."

"맞아요. 이쪽 재능은 그저 그랬거든요."

구보는 펜을 움직이는 시늉을 했다.

"조금 꾸미면 좋았을 텐데, 그런 융통성이 없었습니다. 몇 번인가 원고를 들고 여기저기 찔러봤는데 아무래도 내용이 좀 지루했지요."

"최근에는 언제 만나셨나요?"

"그게…… 꽤 오래 만나지 못했습니다. 2년 정도 됐나? 지금 뭘 하고 있나요?"

"……모르고 계신가요?"

내가 놀라서 묻자 그는 뭘? 하는 표정으로 나를 봤다.

"돌아가셨어요. 작년에 해난 사고를 당해서."

"그래요……?"

구보는 동그란 눈을 더 크게 뜨고 다시 땀을 거칠게 닦았다.

"그랬군요. 전혀 몰랐습니다."

"사실은 그 사고에 대해 취재를 하고 있는데, 소마 씨에 대해 여쭙고 싶은 게 있어서요."

내가 설명하자 "그 사고를 소재로 책을 쓰시려고요?" 하며 적당히 이해한 듯했다.

질문으로 돌아가기로 했다.

"그런데 소마 씨 사생활에 대해서는 모르세요?"

"사생활?"

"솔직히 이야기하면 여자관계요. 사귀던 여성이 있었나요?"

"글쎄요. 어땠을지."

구보는 눈을 조금 가늘게 뜨고 미간에 주름을 만들었다.

"독신이라 그랬는지 이런저런 여자와 관계가 있다는 얘긴 들었습니다. 하지만 특정한 여자와 관계가 있었는지는……."

"그렇게 많은 여자랑 사귀었나요?"

"선수였죠."

구보의 표정이 조금 풀어졌다.

"안고 싶을 때 안는 게 아니라 안을 수 있을 때 안는다는 주의였죠. 그것도 외국 생활을 오래하면서 얻은 처세술 중 하나였던 것 같습니다."

안을 수 있을 때……라고?

"어쨌든 뭐, 그런 의미에서 개성이 강한 남자였습니다. 그런데 죽었군요. 그건 몰랐네요. 바다에서라고요……? 믿기질 않네요."

그가 몇 번이나 고개를 갸웃했기 때문에 왠지 의미 있는 말처럼 들렸다.

"믿지 못하겠다는 표정이시네요?"

내가 묻자 그가 틈을 두지 않고 곧바로 말했다.

"예. 도저히 믿어지지가 않습니다. 그는 여러 나라에서 카누나 요트에 도전했고, 생명이 왔다 갔다 하는 순간을 여러 차례 마주하기도 했습니다. 그래도 늘 구사일생 살아났죠. 그런데 일본 근해에서 해난 사고로 죽다니. 도저히 믿을 수가 없네요."

믿을 수 없다는 말을 그는 무척 크게 이야기했다.

구보의 말을 들으며 다케모토 유키히로의 동생 마사히코의 말을 떠올렸다. 그도 분명히 똑같은 말을 했다. 형이 해난 사고로 죽으리라고는 생각도 못했다고.

구보와 마사히코의 말에 타당성이 있을까? 사고라는 게 원래 그런 것 아닐까? 판단이 잘 서지 않았다.

그 뒤로 별 의미 없는 잡담을 15분 정도 한 후 자리에서 일어섰다.

"오늘 정말 실례가 많았습니다."

"아닙니다. 글 열심히 쓰세요."

나란히 로비를 떠나려고 할 때였다. 갑자기 구보가 멈춰 섰다.

"TV를 꺼야겠네요."

그가 TV 앞으로 가 전원을 끄려 했다.

다음 순간 내가 외쳤다.

"잠깐만요!"

TV 화면에 낯익은 얼굴이 클로즈업되어 있었기 때문이다.

어딘가 부족한, 험악해 보이는 사진 밑에 '사카가미 유타카'라는 이름이 적혀 있었다. 동시에 그 프로그램이 뉴스라는 걸 깨달았다.

"……경찰에서는 살인사건으로 보고 수사를 시작했습니다."

이럴 수가!

나는 놀란 채 서 있는 구보는 안중에 없이 TV 채널을 돌렸다. 다른 곳에서도 이 뉴스를 보도하고 있었다.

"오늘 정오가 지났을 무렵 모 극단의 연습실 뒤에서 젊은 남자가 피를 흘린 채 죽어 있는 것을 단원이 발견하고 경찰에 연락했습니다. 조사 결과 죽은 남자는 그 극단의 단원으로 가나가와 현 가와사키 시에 거주하는 사카가미 유타카 씨, 스물네 살로 밝혀졌습니다. 사카가미 씨는 뒤에서 해머 같은 둔기로 머리를 맞았습니다. 지갑이 없어졌기 때문에 타살일 가능성이 높은 것으로 보입니다……."

나는 꼼짝 못하고 TV 앞에 우두커니 서 있었다.

monologue
3

내가 그들을 용서할 수 없는 이유는

단순히 내게서 소중한 걸 빼앗아갔기 때문이 아니다.

그들의 행위가 자신들의 일방적인 가치관에 의해 이루어졌고,

따라서 그들이 어떤 수치심도 못 느끼고 있다는 데

격렬한 분노를 느끼는 것이다.

그들은 자신들의 행위를 당연한 것이었다고까지 생각한다.

인간이라면 당연한 일이었다고.

인간이라면?

말도 안 된다.

그들이 저지른 짓은 가장 인간적인 부분을 부정하는 것과 마찬가지다.

나는 그들에게 참회를 요구하지 않는다.

나는 그들에게 아무것도 요구하지 않는다.

그들에게는 무언가를 요구할 만한 가치조차 없다.

그들이 반격해온다 해도 나는 두렵지 않다.

에이스도 조커도 모두 내 손안에 있기 때문이다.

5장

시각장애
소녀

無人島より敬意を込めて

집으로 돌아와 샤워를 하자 마음이 조금 가라앉았다. 목욕
가운을 입고 TV를 켰다. 그러나 시간대가 맞지 않았는지 어
디서도 뉴스는 나오지 않았다.

냉장고에서 캔 맥주를 꺼내 한 모금 마신 뒤 한숨을 내쉬었
다. 불현듯 피로가 온몸을 엄습해왔다.

거참. 나는 혼자 중얼거렸다. 설마 그 사람까지 살해될 줄
이야.

경찰이 조사할 필요도 없다. 사카가미 유타카는 살해된 것
이다. 가와즈 마사유키, 니자토 미유키에 이어 세 번째 희생
자가 된 것이다.

이 세 사람의 공통점은 지난해 해난 사고를 당했다는 것이
다. 그것 외에는 생각할 필요도 없다.

범인의 목적은 도대체 무엇일까? 사고와 관련된 사람들을
모두 죽이는 것이 최종 목적일까?

이대로 차례차례 희생자가 나올 경우를 상상해봤다. 경찰
도, 그리고 우리도 범인을 밝혀내지 못하고, 그런 우리를 비
웃기라도 하듯 살인이 계속되는 상황을 말이다.

두 가지 결과를 생각해볼 수 있다.

하나는 전원이 죽어버리는 것이다. 아가사 크리스티는 아니지만 모두 사라져버리는 경우다.

다른 하나는 딱 한 사람만 남고 모두 죽는 것이다. 이 경우 마지막 남은 한 사람이 범인일 거라고 생각하는 게 타당할 것이다.

바로 그때, 그 이름이 머릿속에 떠올랐다.

후루사와 야스코.

과연 그녀는 살아 있을까? 아니면 죽었을까? 그것에 따라 추리의 방향은 완전히 달라진다. 하지만 그녀의 흔적은 전혀 알 수가 없다.

그건 그렇고 사카가미 유타카는 도대체 우리에게 뭘 전하고자 했던 것일까? 처음 만났을 때 그는 우리를 거절하면서도 왠지 괴로워 보였다. 밝히고 싶은 게 있는데 그걸 필사적으로 참고 있는 듯한 느낌이었다.

문득 떠오른 생각에 핸드백을 끌어 당겼다. 안을 들여다보니 극단 전단지가 들어 있었다.

거기에 소개된 것은 이번에 그들이 공연하는 현대극이었다. 사카가미 유타카의 이름도 있었다. 그 사카가미가 맡은 역할을 보고 나는 맥주를 마시다 말고 사레가 들릴 뻔했다.

노인 행세를 하고 양로원에 들어가는 가난한 청년이었던

것이다.

노인 행세?

머릿속에 떠오르는 게 있었다. 가와즈 마사유키의 짐이 택배로 왔을 때 구석에서 물끄러미 지켜보던 노인의 모습. 택배원은 노인의 얼굴을 자세히 못 봤다고 했고, 나 역시 슬쩍 봤을 뿐이다. 혹시 사카가미 유타카가 변장을 했던 건 아닐까?

그렇다면 그도 역시 가와즈 마사유키의 자료가 내게 올 거라는 걸 알고, 그것을 감시하고 있었다는 이야기다. 그리고 기회가 생기면 훔치려고 했던 게 아닐까?

틀림없다는 생각이 들었다. 작년 사고에 어떤 비밀이 있고, 그것을 모두가 숨기려는 것이다.

두 번째 캔 맥주를 딴 순간 전화벨이 울렸다. 누가 걸었을지 뻔하다.

"뉴스 봤어?"

느닷없는 후유코의 목소리에서 손에 잡힐 듯 낙담한 기분이 묻어났다.

"선수를 빼앗겼어."

내가 말했다.

"그 사람한테 뭐가 어떻게 된 건지 들을 수 있었는데. 범인이 그 사실을 알고 죽인 게 분명해."

"그런 일이 있을 줄은……"

"어쨌든 선수를 빼앗긴 건 확실해."

"……좀 더 빨리 약속을 잡았어야 했는데."

"후유코 책임이 아니야. 그보다 다른 정보가 있어."

나는 지난번 노인이 사카가미 유타카가 변장한 사람인 것 같다고 말했다. 역시 후유코도 놀란 모양이다. 좀 질렸다는 목소리로 말했다.

"적의 눈이 벌써 그때부터 빛나고 있었다는 이야기네."

"어쨌든 이렇게 된 이상 조금이라도 빨리 사고의 비밀을 알아내야 해. 경찰도 이제 세 사람의 공통점을 파악했을지 몰라."

"하지만 누구한테?"

후유코가 물었다.

"전에도 말했지만 한 사람밖에 없어. 야마모리 유미를 만나야 해."

"하지만 그 아이 입을 열 방법이 없잖아."

다시 원점으로 돌아왔다.

"각오는 이미 했어."

나는 심호흡을 한 번 한 후 말을 이었다.

"좀 강하게 나가야 할 것 같아."

사카가미 유타카가 살해되고 3일이 지난 밤, 나와 후유코는 차 안에 있었다.

"대담한 생각을 했네."

오른손을 핸들에 올려놓고 후유코가 말했다. 말하면서도 눈은 전방을 주시하고 있었다. 우리 차 몇십 미터 앞에 서양식으로 지은 흰색 주택이 있는데, 그 집을 바라보는 중이었다. 야마모리 유미를 태운 벤츠가 한 시간쯤 전에 그 집 주차장으로 들어갔었다.

"책임은 내가 질 테니까 걱정하지 마."

후유코의 옆얼굴을 보며 내가 말했다.

"별로 걱정은 안 해. 우리가 했다는 걸 알면 야마모리 사장도 경찰에는 연락하지 않을 테니까. 이 차가 걱정이지. 차에 상처라도 생기면 안 되는데, 아까부터 그것 때문에 노심초사야."

그렇게 말하면서 후유코는 핸들을 두드렸다. 이 차—흰색 벤츠—는 그녀가 친한 작가에게서 빌린 것이었다.

◆◆◆

강제적인 방법을 동원해서라도 야마모리 유미에게서 어떻

게든 이야기를 듣자고 결정한 것까지는 좋았는데, 우려했던 대로 그 애를 만나는 게 쉽지가 않았다.

학교는 흰색 벤츠로 통학했고, 일주일에 두 번 있는 바이올린 레슨도 교사가 직접 주차장에 있는 벤츠까지 마중 나왔다가 끝나면 배웅했는데, 그게 아주 철저했다.

정해진 외출은 그것 외에는 전혀 없었다. 교회에는 나하고 만난 날부터 발걸음도 하지 않는다고 했다.

그래서 후유코와 이런저런 궁리 끝에 결국 바이올린 레슨을 노리기로 했다. 하지만 특별한 이유는 없었다. 굳이 따지자면 바이올린 교사네 집이 오가는 사람이 적은 야마노테에 있다는 것과 밤의 어둠이 조금은 내 편이 되어주지 않을까 하는 작은 기대감 때문이었다.

머지않아 벤츠에 붙어 있는 시계가 8시 40분을 가리켰다.

시간을 확인한 후, 나는 조수석에서 내려 야마모리 유미가 바이올린 연습을 하고 있는 집을 향해 빠른 걸음으로 걸어갔다.

서양식 건물처럼 지은 집에는 그에 어울리는 벽돌담이 둘러쳐져 있고, 그 옆에는 차 두 대가 주차할 수 있는 공간이 있었다. 지금 거기 세워져 있는 것은 흰색 벤츠뿐이었다. 운전석을 들여다보니 체격 좋은 운전사가 시트를 뒤로 넘긴 채 잠을 자고 있었다.

나는 운전석 쪽으로 돌아가 유리창을 살짝 두드렸다. 그쪽에서 보면 역광이라 내 얼굴이 제대로 보이지 않을 것이다.

천천히 실눈을 뜬 운전사가 황급히 일어나 창문을 내렸다.

"저기, 죄송한데 차를 잠깐만 이동해주시겠어요?"

나는 정말 죄송해서 어쩔 줄 모르는 듯한 목소리를 냈다.

운전사는 내가 누군지 생각하는 듯했다. 그러고는 이상하다는 얼굴로 물었다.

"무슨 일이라도 있습니까?"

"실은 조금 있다가 짐을 실을 트럭이 와서요. 짐을 여기서 실어야 하거든요."

실제로 주차장 뒤에는 짐을 싣기 위해 만들어놓은 것처럼 보이는 통로가 있었다.

운전사는 고개를 돌려 통로를 보더니 "아, 예." 하며 알아들었다는 표정으로 끄덕였다.

"그럼, 이 차는 어디에 두죠?"

"앞에 카페가 있어요."

나는 길 앞을 가리켰다.

"거기 주차장에 세우고 조금 쉬고 계세요. 유미 양 레슨이 끝나면 부를게요."

그리고 1천 엔짜리 지폐를 꺼냈다. 운전사는 아니, 이거 죄송한데, 하면서도 그걸 받아들고 힘차게 시동을 걸었다.

흰색 벤츠가 카페를 향해 사라지는 것을 확인한 뒤, 반대

방향을 향해 두 손으로 크게 원을 그렸다. 방금 들었던 것과 똑같은 엔진 소리가 멀리서 들리고, 이어서 헤드라이트가 켜졌다. 그리고 천천히 차가 다가왔다.

우리의 흰색 벤츠가 내 앞에 멈췄다.

"잘 됐나보네."

후유코가 말했다.

"승부는 이제부터야. 이제 곧 레슨이 끝나."

"시동은 켜두는 게 좋겠지?"

"오케이!"

후유코는 시동을 켠 채 내렸다. 그리고 뒷문을 열어둔 채, 우리는 주차장 한쪽에 숨었다.

귀를 기울이니 희미하게 바이올린 연주 소리가 들렸다. 필시 유미가 연주하고 있을 것이다. 강하면서도 부드러운 음색이었다. 그 아이의 숨겨진 내면을 표현하는 것일지도 모른다.

뜻밖의 호사스러운 시간이 지나고 마침내 바이올린 소리가 그쳤다. 우리는 주차장에서 바깥 상황을 살폈다.

현관문 열리는 소리와 함께 말소리가 들렸다. 우리는 서로에게 신호를 보낸 후 천천히 길로 나섰다.

"아니, 나카야마 씨가 안 보이네. 어디 가셨지?"

유미의 손을 잡고 있는 키 큰 여자가 주변을 둘러보며 말했다. 이 여자가 바이올린 강사이고, 나카야마는 아마도 운전사 이름일 것이다. 그 여자가 우리를 바라봤다. 하지만 아무런 흥미도 드러내지 않았다. 평범한 행인이라고 생각했을 것이다.

키 큰 여자가 유미를 벤츠 뒷좌석에 태우고 문을 쾅 닫았다. 그리고 뭐라 말하면서 다시 한 번 주위를 둘러봤다. 눈앞에 있는 흰색 벤츠에 대해서는 전혀 의심하지 않는 것처럼 보였다.

"가자."

내 말에 후유코가 대답했다.

"좋아."

우리는 성큼성큼 자동차를 향해 다가갔다. 바이올린 강사는 처음엔 의아한 표정을 짓더니 곧 어찌할 바를 몰라 허둥대기 시작했다. 하지만 결정적으로 그 여자의 표정이 변한 것은 후유코가 태연히 운전석에 올라탔을 때였다. 바이올린 강사의 얼굴이 굳어지면서 입이 크게 벌어졌다. 이런 갑작스러운 상황에 어떤 말을 해야 할지 갈피를 잡지 못하는 모양이었다.

"이런 사람입니다."

가능한 한 차분한 목소리로 그 여자에게 내 명함을 건넸다. 여자는 입을 벌린 채 명함을 받았다. 뜻밖의 상황을 맞게 됐을 때 인간이 반응하는 방식은 정말 재미있다.

"야마모리 사장님께 따님은 틀림없이 보내드리겠다고 전해 주세요."

그렇게 말하고 곧장 뒷자리에 올라탔다. 먼저 타고 있던 유미는 무슨 일이 일어났는지 아직 눈치 못 챈 모양이다.

"아, 저기요……. 잠깐만요."

"잘 전해주세요."

아직 내 명함을 손에 든 채 멍하니 서 있는 강사를 남기고 우리의 흰색 벤츠는 출발했다.

◆◆◆

출발하자마자 유미는 옆에 앉은 사람이 지난번 교회에서 말을 걸어온 여성 추리작가라는 것을 깨달았다. 향수 냄새로 알았을 것이다.

"이렇게까지 할 생각은 없었어."

나는 일단 사과부터 했다. 유미는 아무런 대답도 하지 않았다.

후유코가 차를 세운 곳은 야마모리의 저택에서 1킬로미터도 떨어지지 않은 곳에 있는 공원 옆이었다. 동물 모양을 본뜬 콘크리트 조형물과 그네만 있는 작은 공원이었다. 너무 조졸한 탓에 데이트를 즐기는 젊은 커플도 없었다.

"전에 하던 이야기를 계속하고 싶은데, 들려주지 않을래?"

내가 말했다.

유미는 잠자코 바이올린 케이스를 쓰다듬고 있었다. 그럼으로써 마음의 안정을 찾고 있는지도 모른다.

"아빠가……."

침묵의 시간이 흐른 뒤 드디어 유미가 입을 열었다.

"쓸데없는 말은 하지 말라고……. 그때 저는 의식을 잃었기 때문에 정확한 걸 기억할 수 없다고 하셨어요."

그 애의 목소리가 조금 떨리고 있었다.

"하지만 정확하게 기억하는 건 있지?"

또 침묵.

"없어?"

소녀는 머리를 내저었다.

"모르겠어요. 아빠는 꿈과 현실이 뒤섞인 거라고 하셔서……."

"유미 양."

나는 소녀의 손을 잡았다. 놀랄 만큼 가는 손목이었다. 조금만 세게 잡아도 톡 부러질 것 같았다.

"전에도 말했지? 사람들이 계속 살해될 가능성이 있어. 그걸 막는 방법은 하나밖에 없어. 먼저 범인을 잡는 거야. 그러기 위해서는 네 기억이 필요해. 꿈과 현실이 뒤죽박죽된 거라도 괜찮아. 그중에 힌트가 숨겨져 있을 테니까."

나는 유미의 얼굴을 봤다. 후유코도 룸미러로 그 애를 보는
듯했다. 좁은 차 안이 더욱 좁아진 것 같은 숨 막히는 시간이
계속되었다.

"사카가미 씨를 알고 있니?"

유미가 고개를 갸웃하기에 보충 설명을 했다.

"사카가미 유타카 씨. 배우인데 작년에 너희와 함께 바다에
갔던 사람이야."

소녀의 얇은 입술이 조금 열리는 걸 보면서 말을 이었다.

"그 사람도 살해됐어."

놀란 감정을 고스란히 드러내듯 그 애의 입이 더 벌어지면
서 얼굴을 들었다.

"거짓말이죠?"

"정말이야. TV 뉴스에도 나왔는데."

말을 하면서 이 소녀에게 뉴스에 대해 이야기하는 것은 무
의미한 일이라는 걸 깨달았다. 신문도 마찬가지다. 야마모리
가에서 누군가 신문을 읽고 이 사회에서 일어나는 일을 소녀
에게 들려줄 리가 없었기 때문이다. 설령 그렇게 한다 해도,
사카가미의 죽음에 대해선 고의로 숨겼을지도 모른다.

"모를 수도 있지만 사실이야. 사카가미 씨는 살해됐어. 범인
은 작년 해난 사고와 관련된 사람들을 차례로 죽이고 있어."

소녀의 얼굴에 공포가 번졌다. 망설이고 있는 게 분명했다. 마음이 흔들리고 있는 것이다.

"네 아빠도 노리고 있을지 몰라."

일부러 억양 없이 말했다. 소녀가 크게 숨을 내쉬는 게 보였다.

"아빠도……?"

"엄마도."

이제까지 잠자코 있던 후유코가 운전석에서 말했다. 그것은 유미의 몸이 크게 흔들릴 정도로 매우 효과적인 한마디였다.

"그래. 맞아."

내가 말했다.

"엄마도 노리고 있을지 몰라. 그다음에는 유미, 너도."

유미는 고개를 깊이 숙이고 몇 초 동안 그대로 있었다. 그러곤 얼굴을 들고 크게 한번 심호흡을 한 뒤 내게로 몸을 돌렸다.

"저기요……, 여기서 제가 말하면…… 도와주는 거예요?"

나는 룸미러 속의 후유코와 눈을 마주쳤다. 거울 속에서 후유코가 조그맣게 고개를 끄덕였다.

"약속할게. 할 수 있는 일은 다 할 거야."

유미는 고개를 숙였다. 그리고 조그만 소리로 말했다.

"비밀로 해주세요."

"약속할게."

− 3 −

거짓말처럼 발밑이 사라졌어요.

앞을 못 보는 이 소녀는 사고 순간을 이렇게 표현했다. 시각으로 상황을 판단 못하는 소녀는 몸의 균형이 무너지는 것으로 배의 상태를 느낄 수밖에 없었다는 이야기다.

발밑이 꺼짐과 동시에 물이 덮쳐왔다고 했다. 자신이 바다에 떨어졌는지 배 안으로 물이 들어왔는지 분명치 않다는 것이다.

"그때까지 한 번도 바다에 떨어진 적이 없어서요."

소녀가 말했다.

여하튼 온몸이 물에 잠겼다고 한다.

두려움 속에서 허우적거리고 있는데, 문득 누군가에게 안겨 있었다. 걱정 마, 아빠야, 라는 목소리가 들렸다. 소녀는 정신없이 아버지에게 매달렸다.

"그 뒤에도 뭐가 어떻게 된 건지 전혀 알 수 없었어요. 아빠가 가만히 있으라고 해서 아빠의 팔을 잡고 몸을 맡겼죠. 제 몸은 뒤를 향해 있었던 것 같아요. 아마도 아빠가 저를 안고 헤엄치고 있었나 봐요."

나는 그 이야기를 들으면서 인명구조를 할 때는 그런 식으로 헤엄을 치는 거라고 생각했다.

섬에 도착할 때까지 얼마나 시간이 흘렀는지 소녀로서는 알 수가 없었다. 두려울 만큼 긴 시간이었지만, 정말 긴 시간이었는지는 정확히 말할 수 없다고 했다. 그때뿐만 아니라, 그날 내내 시간이 얼마나 흘렀는지 거의 의식을 할 수 없었다. 그럴지도 모르겠다.

"섬에 도착해 발이 땅에 닿자마자 너무 안심한 나머지 정신을 잃었어요."

소녀의 말에 진심으로 고개를 끄덕였다. 앞자리의 후유코도 마찬가지였다.

섬에 도착하자마자 유미는 정신을 잃었다. 극도의 긴장이 한꺼번에 풀렸기 때문일 것이다. 게다가 체력도 상당히 소모되었을 게 분명하다.

"정신을 차렸을 때, 사람들이 이야기하는 소리가 들렸어요. 함께 배에 탔던 사람들이라 금방 알 수 있었어요. 저 사람들도 살았구나, 하고 안심했는데……."

그리고 유미는 입을 다물었다. 내친김에 말하려 했으나 그게 쉽지 않은 모양이다. 침묵이 이어지는 동안 소녀는 자기혐오에 빠진 표정을 지었다.

"여자가 소리를 질렀어요."

크게 한숨을 내뱉은 뒤 말했다.

"큰 소리로…… 목청이 찢어질 것처럼."

"뭐라고 소리쳤는데?"

내가 물었다.

"제발 부탁이니……."

유미가 말했다. 그 말투가 너무나 강해 후유코가 몸을 비틀어 뒤를 쳐다봤다.

"도와주세요! 라고……. 여자가 그렇게 소리쳤어요."

나는 그 말을 납득하고 고개를 끄덕였다.

"제발 부탁이니 도와달라, 이렇게 말했다고?"

"네……."

흐음, 하며 내가 물었다.

"그런데 누구를 도와달라는 거였니? 그 여자는 이미 섬에 도착했잖아?"

"남자를……." 하고 유미는 잠시 이야기를 중단했다.

"그이를 구해달라고, 그 여자가 말했어요."

"그이를……?"

"그 여자가 누구였는지 기억하니?"

후유코가 물었다.

"그때 여자는 너 말고 네 명이 있었어. 네 엄마와 비서인 무라야마 씨, 그리고 카메라맨인 니자토 미유키 씨와 후루사와 야스코라는 사람. 그중 누구였는지 모르겠어?"

"모르겠어요."

유미는 고개를 저었다.

"하지만 애인 사이 같던 커플이 있어서 그 사람들일 거라고 생각했어요. 이름은 모르지만."

애인 사이?

그렇다면 니자토 미유키나 무라야마 노리코는 아닐 것이다. 물론 야마모리 부인도 아니다.

"요컨대 그 여자가 애인을 구해달라고 누군가에게 부탁했다, 이거지?"

내가 확인하듯 물었다.

"그랬을 거라고 생각해요."

"그때 거기엔 누가 있었니?"

그러자 유미는 고통스럽다는 듯 얼굴을 찡그렸다.

"아빠하고 몇 사람이 있었던 것 같은데 잘 모르겠어요. 모두 목소리가 작았고, 저도 정신이 또렷하지 않아서……. 죄송해요."

사과할 필요는 없다고 말해줬다.

"그래서 거기 있던 사람들이 어떻게 했어? 그 여자의 애인을 구하러 갔니?"

아무렇지 않게 질문하려고 애썼지만 역시 목소리에 힘이 들어갔다.

소녀는 조그맣게 고개를 저었다.

"누군가 그건 무리라고 말했어요. 그래도 여자는 울며 매달렸어요. 저는 아빠가 뭔가를 해주면 좋겠다고 생각했지만, 그때 또 의식을 잃는 바람에 그 뒤의 일은 잘 기억나지 않아요. 생각하려고 하면 머리가 아프고, 또 아빠 말대로 꿈과 현실이 뒤섞인 것 같기도 해요. 그래서 아무한테도 말하지 않았어요."

이야기를 끝낸 뒤에도 유미는 바이올린 케이스를 끌어안고 있었다. 그리고 뭔가에 겁을 먹은 듯 좌석 가장자리에 겨우 몸을 기댔다.

"그게 무인도에서 겪은 일 전부니?"

내가 묻자 유미는 태엽 인형처럼 고개를 툭 떨어뜨렸다. 나는 소녀의 가녀린 어깨에 손을 얹으며 고맙다고 말했다.

유미가 얼굴을 내게 돌리더니 주저하며 입을 뗐다.

"아빠를 지켜줄 수 있나요?"

나는 손에 힘을 주었다.

"네 이야기 덕분에 지킬 수 있을 것 같구나."

"말하길 잘했네요."

"물론이야."

내 말과 동시에 후유코가 시동을 걸었다.

◆◆◆

유미를 야마모리 저택 앞까지 데려다주고 인터폰을 눌렀다.

무사히 데려왔다는 뜻을 전하고 상대의 고함소리를 흘려들으며 전속력으로 도망쳤다. 뒤를 돌아보니, 아무것도 볼 수 없는 유미가 이쪽을 향해 손을 흔들고 있었다.

"드디어 사건의 얼개가 보이기 시작하는군."

한참을 달린 후, 후유코가 말했다.

"한 여자가 있고, 그 사람 눈앞에서 애인이 죽은 거야. 그 애인이 바로 다케모토 유키히로 씨."

"그리고 그 여자는 후루사와 야스코가 틀림없어."

내가 말했다.

"요컨대……."

말을 하다 말고 후유코가 급제동한 앞차에 대고 경적을 울렸다. 이제는 제법 벤츠를 운전하는 데 익숙해진 모양이다.

"그 후루사와 야스코라는 여자가 애인이 죽는 것을 보고, 복수를 시작했다는 거군."

"지극히 단순한 구조이긴 하지만."

"맞아. 하지만 단순하기 때문에 야마모리 사장도 알아챈 거야. 뿐만 아니라 다른 참가자들도 틀림없이 알고 있을 거야."

"그렇다면……."

머릿속에 장면 하나가 떠올랐다. 마지막으로 가와즈 마사유키를 만났던 날 밤의 일.

"가와즈 씨도 자신이 누군가의 표적이 되고 있다고 했어. 그러니 후루사와 야스코의 복수라는 걸 알고 있었을지도 몰라. 그래서 야마모리 씨를 만나 이야기를 나눈 거고."

말을 하는데 기분이 좋지 않았다. 내 애인도 역시 다케모토 유키히로를 죽게 내버려둔 사람 중 하나일까.

아니야. 그는 그때 발을 다쳤기 때문에…….

"그러니까, 그 사라진 가와즈의 자료에 유미의 증언과 같은 내용이 적혀 있었던 거야."

후유코의 말에 나도 동의했다.

"니자토 미유키가 어떻게든 그걸 손에 넣으려고 했던 이유를 알겠어. 사고 관계자들이 모두 입을 다물었던 이유도."

"문제는 후루사와 야스코네."

후유코가 말했다.

"그 여자는 도대체 어디에 있는 거지……."

"어딘가에 숨어서 다음 상대를 죽일 기회를 찾고 있겠지."

나는 한 번도 보지 못한 그 여자에 대해 생각했다. 사고 때문이라고는 해도, 눈앞에서 사랑하는 사람이 죽는 것을 지켜봐야만 했던 충격이 어땠을까? 게다가 그 여자는 증오스러운 인간들과 함께 하룻밤을 보내고 다음 날 구출되었다. 나는 그 여자가 그 순간부터 복수를 계획했을 거라고 생각했다.

그 여자의 시나리오에서, 다음 목표는 누구일까?

– **4** –

이탤리언 레스토랑에서 식사를 마치고 집으로 돌아왔다. 11시가 넘은 시각이었다. 복도가 어두워 핸드백에서 열쇠를 꺼내는 데 조금 시간이 걸렸다. 열쇠를 꽂고 돌렸다.

이상했다.

잠긴 문이 열릴 때의 느낌이 아니었다.

열쇠를 빼고 손잡이를 돌리니 문은 아무 저항 없이 그대로 열렸다.

나갈 때 문 잠그는 걸 잊었나?

그럴 리가 없다. 가와즈 마사유키의 자료를 도둑맞은 다음부터 병적일 정도로 문단속을 철저히 했기 때문이다. 오늘도 틀림없이 문을 잠갔던 기억이 있다.

그렇다면 누군가 들어왔었다는 뜻이다. 혹은 들어와 있는 걸지도 모른다.

그대로 문을 열고 안으로 들어갔다. 불이 모두 꺼져 있어 캄캄하고 조용했다.

하지만 이내 누군가 있다는 걸 직감했다. 인기척을 느꼈기 때문이다. 이어서 담배 냄새가 났다.

현관 바로 옆에 있는 스위치로 조심스럽게 손을 뻗어 눌렀다.

나도 모르게 숨을 멈추고 눈을 감은 채 몸을 벽에 기댔다. 그리고 심장 소리가 조금 잦아들기를 기다렸다가 천천히 눈을 떴다.

"기다렸소."

야마모리 사장이 말했다. 소파에 앉아 다리를 꼬고 있다. 얼굴은 웃고 있지만 눈만은 여전히 차가웠다.

"이제 알겠네요."

마침내 입을 열긴 했지만 말끝이 조금 떨렸다.

"몇 번씩이나 이 방에 들어온 게 당신이었군요. 상자를 뒤지고 워드프로세서에 글을 남긴 것도."

"나는 그런 짓을 하지 않았소."

그의 목소리는 무서울 정도로 차분했다.

"당신이 안 했더라도 누군가를 시킬 수는 있겠지요."

그는 대답 없이 왼손가락으로 귀만 후볐다.

"뭐 마실 거라도 드릴까요? 맥주나 위스키 정도는 있는데요."

필요 없다는 말 대신 고개를 가볍게 저었다.

"내가 왜 여기 왔는지 아시오?"

"말을 하려고 오셨겠지요."

"맞소."

다리를 바꿔 꼬고 나를 쳐다봤다. 내 머리끝에서 발끝까지 마치 점검이라도 하듯. 그 눈에 담긴 감정을 정확히 읽어내는 건 나로서는 불가능한 일이었다.

"유미는 돌려보냈나?"

쳐다보는 걸 멈추고 야마모리 사장이 물었다.

"틀림없이."

내가 대답했다.

그는 다시 왼쪽 귀를 만지며 조용히 말했다.

"대담한 짓을 했더군."

"죄송합니다."

나는 일단 사과부터 했다.

"생각나면 일단 행동하고 보는 성격이라서요."

"작가가 된 것도 그 성격 때문인가?"

"그렇습니다."

"고치는 게 나을 것 같은데."

그가 말했다.

"그러지 않으면 남자가 또 도망갈 테니. 전남편처럼 말이야."

"……"

불의의 공격을 받고 말문이 막혀 마음속 동요를 고스란히 드러내고 말았다. 어쨌든 이 남자는 나에 대해서도 상당히 자세하게 조사를 한 모양이다.

"내가 경찰에 신고하면 어쩔 셈이었소?"

"그 경우는 생각하지 않았습니다."

"딸을 데려간 범인이 당신이라는 걸 알면 신고하지 않을 거라 생각했다는 건가?"

"그렇긴 했지요."

내가 대답했다.

"하지만 또 다른 이유가 있었습니다. 만약 경찰이 개입하면 제가 유미 양에게서 들은 이야기가 세상에 알려지게 되겠죠. 당신이 그런 어처구니없는 짓을 할 리 없다고 생각했습니다."

"딸의 이야기를 믿는다는 건가?"

"그렇습니다."

"당신은 상상도 못할 테지만, 당시 유미는 극도로 흥분해 있었소. 꿈과 현실을 구별 못하는 것도 이상한 일은 아니지."

"그 애가 경험한 건 현실이었어요. 저는 그렇게 믿어요."

그가 입을 다물었다. 그럴듯한 대꾸를 생각하고 있는지, 어떤 효과를 노리고 있는지 나로서는 알 길이 없었다.

한참 있다 그가 말했다.

"그건 그렇고. 여하튼 앞으로 쓸데없는 짓은 하지 않는 편이 좋겠소. 당신을 위해서라도 말이오."

"감사합니다."

"진심으로 하는 말이오."

그의 눈에 날카로운 빛이 담겼다.

"당신 애인이 살해된 건 안된 일이지만 빨리 잊는 게 나을 거요. 그렇지 않으면 이번에는 당신이 다치게 될 거요."

"다친다니……. 누군가 저를 노릴 거라는 말씀인가요?"

"그것만이 아니오."

아주 어두운 목소리였다.

입안에 침이 고였다. 그가 나를 바라보았다. 나도 그의 눈을 응시했다.

"아마도……."

내가 입을 열었다.

"전원이 똘똘 뭉쳐 당신 지시에 따라 움직이고 있겠죠. 다케모토 유키히로의 동생을 조사한 것도 당신이 시킨 것 아닌가요?"

"지금 나를 심문하는 거요?"

"그냥 제멋대로 지껄이는 겁니다. 괜찮겠죠, 멋대로 지껄이는 정도는? 여기는 제 방이니까."

"물론이오. 담배 피워도 되겠소?"

"그럼요. 이야기를 계속하죠. 당신은 가와즈 씨와 니자토 씨가 살해되자 1년 전 다케모토 씨를 죽게 내버려둔 것에 대한 복수가 아닐까 생각했어요. 그래서 복수를 할 만한 인물, 즉 그의 동생 다케모토 마사히코를 조사했지요. 두 사람이 살해됐을 때의 알리바이를 조사해, 그가 범인인지 아닌지를 확인한 거죠."

내가 이야기하는 동안 그는 담배를 꺼내 아주 고급스러운 은색 라이터로 불을 붙였다. 그리고 한 모금을 빤 후 계속하라는 듯 손바닥을 내밀었다.

"하지만…… 이건 제 생각인데, 그에게는 알리바이가 있었어요. 사건이 일어난 날 회사에 있었겠죠."

"……."

"범인은 후루사와 야스코 씨죠? 이건 질문입니다. 대답해 주세요."

야마모리 사장은 담배를 연거푸 두세 번 빨고는 길게 연기를 내뿜었다. 그러는 동안 내 얼굴에서 시선을 떼지 않았다.

"그 여자하곤 관련짓지 않는 게 좋소."

그렇게 말하고 입을 다물었다. 나는 당황했다.

"관련짓지 않는 게 좋다니……. 무슨 뜻이죠?"

"별다른 뜻은 없소. 그저 그렇다는 이야기지."

한동안 무거운 침묵이 이어졌다.

"다시 한 번 묻겠소."

야마모리 사장이 말했다.

"손을 뗄 생각은 없소?"

"없습니다."

그가 한숨을 쉬었다. 그러자 그의 입 속에 남아 있던 담배 연기가 뿜어져 나왔다.

"어쩔 수 없군."

그는 담배를 재떨이에 비벼 껐다. 헤어진 남편이 사용하던 재떨이다. 도대체 어디서 찾아낸 걸까?

"화제를 바꾸지. 당신은 배를 좋아하나?"

"아뇨. 별로……."

"우린 다음 달에 요트 여행을 떠날 거요. 멤버는 작년 참가 자들에 몇 사람 더 추가할 거고. 괜찮다면 당신도 참여하지 않겠소?"

"요트 여행이라면……. 또 Y섬에 간다는 건가요?"

"그렇소. 작년하고 똑같은 코스를 돌 거요. 우리가 몸을 피했던 무인도에도 들를 예정이지."

"무인도에도……."

설마 1주기 기념행사라도 하는 건 아닐 테고, 목적이 뭘까 싶었다. 아무튼 야마모리 일행이 뭔가를 꾸미려는 건 분명하다.

문득 바벨 사건이 떠올랐다.

이번 여행에 참가하는 것은 스스로 적진에 뛰어드는 짓이다. 저들의 목표가 나일지도 모르기 때문이다.

"뭔가 경계하는 표정이군."

내가 망설이는 것을 간파한 듯 야마모리 사장이 말했다.

"혼자가 불안하다면 누군가를 데려와도 상관없소. 하기오 씨라고 했나? 그분도 함께 오면 어떨까?"

후유코와 함께라면 확실히 마음이 놓일 것이다. 게다가 이 대로는 어떤 해결책도 찾을 수 없지 않은가. 유미의 말을 입 증할 수도 없고, 입증한다 해도 사건의 얼개가 더 이상 떠오 르지 않았다. 그러니 관계자들이 다 모인 자리에 참석하는 것도 괜찮을 것이다.

"알겠습니다."

결심하고 말했다.

"참가하죠. 하지만 후유코한테 물어봐야 하니까 정식 답변 은 다음에 하겠습니다."

"그렇게 하시오."

야마모리 사장은 자리에서 일어서며 탁탁, 바지 자락을 털 었다. 그리고 넥타이를 고쳐 매며 헛기침을 한 번 했다. 그는 신발을 신고 있었다. 그러고 보니 현관에 남자 신발이 없다. 내 앞을 지나쳐 그대로 현관으로 갔다. 카펫 위에 구두 흔적 이 고스란히 남았다.

문을 열기 전에 그가 돌아섰다. 그러곤 바지 주머니에서 뭔 가를 꺼내 들고 바닥에 휙 던졌다. 마른 금속음이 들리더니 이내 조용해졌다.

"더 필요할 것 같지는 않으니 두고 가지요."

"……그럼."

"자, 바다에서 봅시다."

"……그럼, 바다에서."

그는 문을 열고 나갔다. 멀어지는 발소리가 들렸다.

나는 바닥에 떨어진 걸 주웠다. 차가운 감촉이 손끝에 전해졌다.

역시.

상황을 이해하고 고개를 끄덕였다. 그건 이 방의 열쇠였다.

6장

이상한
여행

無人島より敬意を込めて

요트 선착장은 한여름이라 성황을 이루고 있었다.

다양한 배들이 묶여 있고, 그 주변은 출발을 앞두고 활기에 넘쳤다. 몸을 구릿빛으로 태운 젊은이들이 눈에 띄었다. 짐을 옮기는 그들의 모습이 흥에 겨워 부럽기만 했다.

바다는 햇살을 받아 반짝이고 있었다. 그 색깔이 너무나도 파랬다. 우두커니 약속 장소에 서 있으려니 하루무라 시즈코가 마중을 나왔다.

"날씨가 좋아서 다행이네요."

변함없이 미소를 짓고 있는 그녀는 짧은 반바지에 탱크톱을 입고 있어서 평소 이미지와 많이 달라 보였다.

"다른 사람들은 벌써 다 모였나요?"

내가 물었다.

"예. 두 분이 마지막입니다."

그녀 뒤를 따라가자 흰색 요트 갑판 위에 야마모리 사장이 서 있는 게 보였다. 그가 우리를 발견하고 티셔츠 밑으로 드러난 굵은 팔뚝을 들어올렸다.

"지난번에는 실례가 많았습니다."

배 옆까지 가자 그가 말을 걸었다.

"실례합니다."

내가 말하자 그는 검은 선글라스를 벗고 하늘을 올려다보며 말했다.

"바다 여행을 하기엔 최고로 좋은 날입니다."

가네이 사부로가 말없이 다가와 우리 짐을 배 안으로 옮겨줬다. 그의 뒤를 따라 객실로 들어가자 작은 침대가 놓여 있고, 비서인 무라야마 노리코와 야마모리 부인이 보였다. 무라야마 노리코는 우리를 보자 가볍게 고개를 숙였지만 부인은 고개조차 돌리지 않았다. 지난번 유미를 데려간 것 때문에 화가 난 상태일지도 모른다. 유미도 객실로 들어온 사람이 우리라는 걸 알아차린 듯했다.

"객실은 선미에도 있습니다."

가네이 사부로가 그렇게 말하고 좁은 통로를 지나갔기 때문에 우리도 그 뒤를 따랐다. 통로 중간에 화장실과 욕실까지 갖춰져 있는 걸 보고 조금 놀랐다.

뒤쪽 객실에도 먼저 온 손님이 있었다. 젊은 남자였다. 나는 금세 그의 얼굴을 기억해냈다.

"다케모토 씨도 함께 가는 거예요?"

내가 말을 걸었다. 다케모토 마사히코가 잡지를 읽다 말고 고개를 들었다.

"아니!"

그가 반가운 표정을 지으며 말을 이었다.

"지난번에는 여러 모로 신세를 졌습니다."

가네이 사부로가 객실을 나서길 기다렸다가 후유코에게 그를 소개했다.

"실은 야마모리 사장한테서 이야기 들었습니다. 형이 죽은 장소에 가보지 못해서 내친김에 이번 요트 여행에 참가하기로 했죠."

"그랬군요……."

마음이 복잡해졌다. 다케모토 마사히코는 야마모리 사장을 친절하고 좋은 사람으로 생각할지도 모른다. 형을 죽도록 내버려둔 사람이라고는 꿈에도 생각 못할 것이다.

"그 뒤로는 어떠셨어요? 아무도 뒤를 캐지 않았죠?"

"예. 최근에는 없었습니다. 맞아요, 댁을 만나고 난 다음부터요."

"그러셨군요."

나는 순순히 고개를 끄덕였다.

10분 뒤, 우리를 태운 배가 출발했다. 나는 그 배가 어디를 향해 가고 있는지, 그때는 전혀 알지 못했다.

요트는 느린 속도로 나아갔다. 하지만 요트의 원래 속도가 어느 정도인지 몰랐기 때문에 이게 빠른 건지 느린 건지 판단할 수가 없었다. 배를 조종하는 야마모리 사장이 "느긋하게 가자."고 했기 때문에 아마 느린 쪽일 거라고 생각했을 뿐이다.

나와 후유코는 배 뒤에 나란히 앉아 멀어지는 육지를 바라봤다. 넓은 바다에서 보니 바다와 하늘의 색이 육지에 번진 것처럼 보였다.

"처음 야마모리 스포츠플라자에 갔을 때, 야마모리 사장을 만나기 전 수영장에 갔었지?"

후유코에게만 들릴 정도로 말했다.

"그랬지."

"그때 귀중품을 프런트에 맡겼잖아."

"응."

"분명히 한 시간은 족히 수영을 한 것 같은데."

"응. 그랬지."

후유코는 내가 왜 이런 이야기를 꺼내는지 모를 것이다.

"한 시간 정도면 핸드백에서 내 방 열쇠를 꺼내 근처 열쇠가게에서 하나를 더 만들기에 충분하겠지. 그게 불가능하다면 틀이라도 떠놓을 수는 있을 거야."

"……그렇겠지."

"그래. 맞아."

나는 빙긋이 웃었다.

"이런저런 구실을 붙여 우리를 수영장으로 가게 한 건 열쇠가 필요했기 때문이야. 어젯밤에 그 생각이 났어. 이제 와서는 소용없는 일이지만."

확실히 뒤늦은 이야기였다. 더 이상 쓸모가 없어져 내가 돌려받았으니 말이다.

"그 말은, 우리가 야마모리 사장을 만나려고 했을 때 그들이 이미 우리 의도를 알고 있었다는 이야기네."

후유코가 말했다.

"정확히 말하면 우리보다 더 우리의 의도를 잘 알고 있었다고 해야겠지. 우리는 상자 안에 뭐가 들었는지 몰랐지만, 그들은 알고 있었으니까."

"왜 알고 있었다고 생각하는 거야?"

내가 곧바로 되받았다.

"당연하지. 니자토 미유키가 알려줬기 때문이야. 그 여자는 가와즈의 방에서 해난 사고에 대해 쓴 글을 빼내는 임무를 맡았지만, 뜻대로 되지 않자 곧바로 야마모리 사장에게 연락했을 거야. 물론 다음 날 손에 넣기는 했지만. 우리가 야마모리 사장을 찾아가자 열쇠를 복사해 몰래 들어가자는 계획을 세운 거지. 실제로 우리 집에 들어온 건 사카가미 유타카일 거야. 노인으로 변장하고 상황을 살피러 왔잖아."

"그들도 나름대로 필사적이었군."

"그런 것 같아."

필사적이었을지는 모르나 함부로 남의 방에 들어오다니! 그것도 신발을 신은 채 말이다. 야마모리 사장의 발자국을 지우기 위해 얼마나 고생을 했는지 모른다.

"어쨌든……."

후유코가 생각났다는 듯 말했다.

"이번 여행의 목적이 뭘까? 사람들을 잔뜩 모아서……. 사건 해결과 관련된 것 같지는 않은데."

"그래. 확실히…… 그게 이상해."

나는 조타실 쪽으로 시선을 옮겼다. 야마모리 사장 옆에서 부인과 유미가 대화를 나누고 있었다. 유미는 눈으로 바다를 보지는 못하지만, 그 이상의 무언가를 몸으로 느끼고 있는 듯했다.

갑자기 서늘한 한기가 느껴졌다.

◆◆◆

출발 몇 시간 뒤, 배는 작년에 일어난 사고 현장 부근에 도착했다. 야마모리 사장이 그 사실을 알려줬기 때문에 모두 갑판에 모였다.

"저곳이 우리가 도착했던 섬입니다."

야마모리 사장이 가리키는 쪽을 보니, 사람이 쪼그리고 앉은 것처럼 보이는 섬이 외롭게 떠 있었다. 이 위치에서 다른 섬은 보이지 않았다. 아무것도 없는 바다에 섬 하나만 덩그러니 솟아 있는 모습이 이상한 풍경을 자아냈다. 그 섬은 마치 어딘가에서 흘러와 잠시 쉬고 있는 것처럼 보였다.

모두가 말없이 물끄러미 무인도를 바라보았다. 1년 전 저 섬에 도착해 목숨을 구한 사람도, 물론 그러지 못해 죽은 다케모토 유키히로의 동생도 나름대로 벅차오르는 감정이 있을 게 분명했다.

"형은……."

처음으로 입을 연 것은 다케모토 마사히코였다. 어느새 그는 작은 꽃다발을 안고 우리 뒤에 서 있었다.

"형은 수영을 정말 잘했습니다."

조용했지만 모두가 알아들을 수 있는 목소리였다.

"그런 형이 바다에서 죽다니, 꿈에도 생각 못한 일입니다."

내 옆으로 다가온 그가 형을 삼킨 바다에 꽃다발을 던졌다. 꽃다발은 한동안 우리 바로 밑에 떠 있다가 천천히 멀어지기 시작했다.

다케모토 마사히코가 바다를 향해 두 손을 모았다. 우리도 그를 따라했다. 만약 우리 옆을 지나가는 배가 있었다면, 우리의 행동이 어떻게 보였을까.

◆◆◆

Y섬에는 예정대로 그날 저녁에 도착했다. 숙소에서 자동차가 마중을 나왔다. 만약 차가 없다면 숙소까지 걸어가는 도중에 해가 저물어버릴 만큼 적막강산이었다.

마이크로버스를 타고 도착한 숙소는 지은 지 얼마 안 되어 보이는 2층짜리 건물이었다. 철근 콘크리트로 튼튼하게 지은 고쿠민슈쿠샤(國民宿舍 : 유명한 리조트나 국립공원 지역에서 지방 자치단체가 운영하는 숙박 시설-옮긴이) 스타일이었다. 건물 앞에는 나무 울타리로 둘러쳐진 주차장이 있었다.

숙소로 들어가 일단 각자의 방으로 향했다. 나와 후유코의 방은 2층 맨 끝에 있었다. 남쪽 창문 밑에 주차장이 있고 그 너머로 바다가 보였다. 방에는 침대 두 개와 작은 책상 하나, 그 옆에 테이블과 등의자가 놓여 있었다. 침대 머리맡 스탠드에는 자명종 시계가 놓여 있었다. 지극히 평범한 방이었다.

저녁식사는 6시부터 시작되었다. 분위기가 착 가라앉은 만찬이었는데, 서로 모르는 사람들끼리니 이상할 것도 없었다.

야마모리 다쿠야는 자기 아내와 딸을 상대로 낚시나 요트에 대해 이야기했고, 비서인 무라야마 노리코도 잠자코 그의 말에 귀를 기울이고 있었다. 가네이 사부로와 하루무라 시즈코는 마치 이 호텔의 종업원이라도 되는 것처럼 분주히 움직였다. 이 두 사람이 연인 사이라는 말이 새삼 떠올랐다.

당연한 일이겠지만, 다케모토 마사히코는 입을 굳게 다물고 있었다. 무뚝뚝한 성격은 아닌데 특별히 누구하고 대화할 마음이 없는 듯 테이블 위에 놓인 생선회로만 손을 뻗었다. 야마모리 사장이 말을 걸기도 했지만 이야기는 길게 이어지지 않았다.

식사가 끝나자 모두 옆방에 있는 홀로 자리를 옮겼다. 홀에는 게임기와 당구대가 놓여 있었다.

제일 먼저 당구대로 다가간 것은 다케모토 마사히코였다. 그는 익숙한 손놀림으로 큐대 끝에 초크를 칠하고 능숙하게 흰 공을 쳤다. 흰 공은 벽을 세 번 맞춘 다음 빨간 공에 명중했다. 와! 누군가가 감탄사를 내뱉었다.

"저도 좀 가르쳐주세요."

무라야마 노리코가 그에게 다가가며 말했다.

"저야 좋죠."

그는 말하며 또 다른 큐대를 그녀에게 건넸다.

둘이 4구 당구의 룰에 대해 이야기를 나누는데, 야마모리 사장이 작고 까무잡잡한 남자와 함께 나타났다. 남자는 이곳의 주인이었다.

"유스케!"

야마모리 사장이 조금 큰 소리로 불렀다. 유스케는 사장의 동생인 이시쿠라의 이름이다. 그는 가네이 사부로, 시즈코와 함께 막 다트를 시작하려던 참이었다. 오른손에는 벌써 노란색 화살을 들고 있었다.

"같이하지 않을래?"

야마모리 사장은 두 손에 마작 패를 들고 있었다. 갑자기 이시쿠라의 눈빛이 변했다.

"멤버는 다 갖춰졌어요?"

그가 기대에 가득 찬 목소리로 물었다.

"너만 들어오면 돼."

야마모리 사장이 대답했다.

"여기 주인장하고 주방장이 상대해주기로 했어."

"그럼…… 나도 잠깐 해볼까."

이렇게 말하며 이시쿠라는 그들과 함께 계단 쪽으로 갔다. 지하에 마작 룸이 있다는 사실은 건물 구조도를 보고 이미 알고 있던 터였다.

갑자기 음악소리가 들려서 주위를 살펴보니 야마모리 부인이 구석에 놓인 주크박스에서 막 몸을 돌리고 있었다. 부인이 소파에 앉아 있는 유미에게 다가가 무슨 말인가를 건넸다. 유미는 손가락으로 책을 훑고 있었다. 아마 점자책일 것이다.

우리는 가네이 사부로와 하루무라 시즈코가 다트 게임을 하는 옆에서 구식 핀볼 게임을 하며 놀았다. 스위치의 움직임이 둔해서 좋은 점수를 내기가 어려웠다. 그래도 후유코는 게임을 한 번 더 할 수 있는 점수가 나올 때까지 붙잡고 늘어졌다. 대단한 집념이다.

게임을 몇 번 하다가, 도무지 후유코를 이길 수 없을 것 같아서 포기하고 먼저 방으로 가기로 했다. 후유코는 어떻게든 높은 점수를 내고야 말겠다며 계속 스위치를 눌러댔다.

2층으로 올라가다 계단 중간쯤에서 걸음을 멈추고 아래층을 내려다봤다. 당구를 치는 사람, 다트를 하는 사람, 핀볼 게임에 열중인 사람, 음악을 듣는 사람, 점자책을 읽는 사람, 그리고 마작 판을 둘러싸고 있을 사람.

이들이 그날 밤의 숙박객들이었다.

– **3** –

방으로 돌아왔을 때, 침대 밑에 놓인 시계는 정확히 8시를 가리키고 있었다. 나는 먼저 샤워를 하기로 했다.

욕실에 들어가 욕조에 물을 받았다. 샤워라고는 해도 일단 몸을 느긋하게 담그지 않으면 성에 차지 않는다. 더운물은 나이아가라 폭포처럼 콸콸 쏟아졌다. 욕조에 물을 채우는 동안 이를 닦고 세수부터 했다. 비치된 타월은 질이 좋아 부드러웠다.

세수를 마쳤을 때쯤 물이 거의 차 어깨까지 푹 담글 수 있었다. 수도꼭지를 잠그자 어딘가로 빨려 들어간 것처럼 모든 소리가 사라졌다.

물속에서 스트레칭을 하며 이번 여행에 대해 생각했다.

이 여행에는 어떤 목적이 있는 걸까? '1주기'라고는 하지만 진심이라고 생각하긴 어렵다. 그렇다면 이 멤버를 한곳에 모아야만 하는 이유가 따로 있단 말인가?

마음에 걸리는 게 한 가지 있었다. 야마모리 사장이 왜 우리를 이 모임에 초대했느냐는 것이다. 무슨 음모를 꾸밀 생각이라면 우리는 방해만 될 뿐인데 말이다.

아무리 생각해도 실마리가 잡히지 않았다. 욕조의 물을 빼고 일어섰다. 그리고 샤워기를 틀고 머리를 감기 시작했다. 욕실은 배수구로 빠져 나가는 물소리와 샤워기에서 나오는 물소리로 가득 찼다.

욕실에서 나오니 후유코가 침대에 누워 잡지를 보고 있었다.

"핀볼 게임은 끝낸 거야?"

목욕 타월로 머리를 말리며 물었다.

"응. 동전을 다 써버려서."

동전이 있으면 계속할 작정이었단 얘긴가? 후유코의 또 다른 일면을 본 것 같았다.

"다른 사람들은?"

"야마모리 부인하고 유미는 아직 로비에 있어. 다케모토하고 무라야마는 여태 〈허슬러〉 기분을 만끽하고 있고. 상당히 죽이 잘 맞는 것 같던데."

"시즈코는?"

"산책 나간다고 들었는데 잘 모르겠어."

후유코는 심드렁하게 말했다.

머리를 말린 후, 책상에 앉아 대학 노트에 그동안의 사건을 정리하기 시작했다. 이번 우리의 이야기를 논픽션 소설로 쓰겠다는 생각도 있었기 때문에 그 작업도 조금씩 해둬야 했다.

무심코 시계를 보니 8시 45분을 가리키고 있었다.

내가 일을 하는 사이 후유코는 샤워를 했다. 의문부호만 가득한 노트에 적잖이 질려 있던 차에 후유코가 욕실에서 나왔다.

"꽉 막힌 것 같네."

내 생각을 꿰뚫어보듯 후유코가 말했다.

"조금 걸리는 게 있어."

내가 말했다.

"여러 상황을 종합해보면 범인은 다케모토 유키히로의 애인이고, 그 여자는 아마 후루사와 야스코일 거야. 그리고 필시 야마모리 일행도 이 사실을 알고 있는 게 분명해. 하지만 이상하게도 그들이 후루사와를 찾고 있다는 흔적이 없어. 그 대신 다케모토 마사히코를 의심하고 그의 신변을 조사했어. 마치 후루사와 야스코가 범인이 아니라고 생각하는 것처럼."

"후루사와 야스코를 찾지 않았다고 단정할 수는 없지."

냉장고에서 주스 병 두 개를 꺼내 컵에 따르면서 후유코가 말했다.

"우리 몰래 알아보고 있을지도 모르잖아. 마사히코를 조사한 것도 우리가 그 사람을 접촉하지 않았다면 모르고 지나갔을 거야."

"그야 그렇지만. 아, 고마워."

후유코가 책상 위에 오렌지 주스를 놓고 말했다.

"어쨌든 상황을 지켜보는 수밖에 없어. 이 여행만 해도 야마모리 사장의 의도가 뭔지 전혀 모르고 있으니."

나는 고개를 끄덕였다. 후유코도 나와 같은 생각을 하고 있었던 모양이다.

나는 그 뒤로 한동안 책상 앞에 앉아 있었다.

그런데 창밖을 보던 후유코가 갑자기 짧고 낮게 외쳤다.

"어머!"

"왜 그래?"

"아니. 별로 대단한 건 아니지만……. 누군가 밖으로 나왔어. 시즈코 아닐까?"

"시즈코?"

나도 몸을 뻗어 창밖을 봤다. 하지만 가로등이 없는 데다 키 큰 나무들이 우거져 있어서 잘 보이지 않았다.

"이런 시간에 뭘 하려는 거지? 벌써 9시 40분인데."

그 말을 듣고 시계를 보니 과연 그랬다.

"산책을 하려나 보지. 가네이 씨하고 같이 아니었어?"

"그런가? 혼자였던 것 같은데."

후유코는 여전히 창밖을 보면서 고개를 갸웃했다.

그로부터 얼마 뒤, 나는 침대에 누웠다. 아침 일찍 일어나서 그런지 낮 동안의 피로가 몰려와 우리는 연신 하품을 해대기 시작했다.

"8시에 아침식사를 한다고 했으니까 알람을 7시에 맞춰줘."

후유코의 말대로 나는 옆에 놓인 자명종 시계 알람을 7시에 맞췄다.

그때가 정확히 10시였다.

monologue
4

올 것이 오고야 말았다.

드디어 그 여자를 죽이는 것이다.

그 여자의 시체를 본 순간 그들은 어떤 반응을 보일까?

언뜻 보기에 전혀 관계없는 여자가 살해되었다는 것을 알게 된 순간 말이다.

천만의 말씀. 모두 다 알고 있다.

그 여자와 관계없는 일이 아니라는 걸 말이다.

오히려 그 여자가 없었다면 이번 일은 일어나지도 않았을 것이다.

드디어 그 여자를 죽인다.

그걸 생각하는 것만으로도 내 몸은 떨린다. 공포 때문이 아니다.

지금까지의 인내가 온몸의 피를 들끓게 하기 때문이다.

그러나 머리는 차갑다.

욕망에 이끌려 잔혹한 살인을 저지르는 게 아니기에 충분한 계산을 해두었다.

그래서 지금 내 정신 상태는 나 스스로도 놀랄 만큼 차분하다.

망설일 일은 하나도 없다.

이 밤이 너무나 포근하게 내 마음에 다가온다.

7장

기묘한
밤

無人島より敬意を込めて

이상한 꿈을 꾸다 깼을 때, 주변은 아직도 깜깜했다.

정말 이상한 꿈이었다. 뭐랄까, 검은 연기 같은 게 계속 나를 뒤쫓아 왔다. 검은 연기가 왜 무서웠는지는 모르겠지만 너무 무서워 식은땀까지 흘렸다.

게다가 왠지 머리도 아팠다.

물을 마시려고 몸을 일으켰을 때, 옆 침대가 비어 있다는 걸 깨달았다.

침대 위에는 후유코의 잠옷이 단정하게 개어져 있었다. 침대 밑을 보니 운동화는 없고 슬리퍼가 나란히 놓여 있다.

후유코도 나처럼 이상한 꿈을 꾸고 산책을 나간 걸까?

시계를 보니 11시가 조금 넘었다. 생각보다 푹 자지 못한 모양이다.

나는 세면대로 가서 얼굴을 씻고 옷을 갈아입었다. 아직 잠이 덜 깬 데다, 후유코가 걱정되었기 때문이다.

방을 나오니 밖은 의외로 밝았다. 게다가 로비에서는 사람들의 웃음소리도 들려왔다. 아직 안 자고 있는 사람들이 있는가 보다.

계단을 내려가자 야마모리 사장과 부인, 이시쿠라와 숙소 주인이 이야기를 나누고 있었다. 그들의 손에는 텀블러가 들려 있고, 가운데 테이블에는 위스키 병과 얼음 통이 놓여 있었다.

후유코는 없었다.

가장 먼저 나를 발견하고 손을 든 것은 야마모리 사장이었다.

"주무신 것 아니었소?"

"예. 그만 눈이 떠져서."

"그럼 합석하시죠. 그리 좋은 술은 아니지만."

"아닙니다. 저는 됐습니다. 그보다 하기오 씨를 못 보셨나요?"

"하기오 씨? 아니오."

야마모리 사장이 고개를 흔들었다.

"우리는 30분 전에 여기로 왔소."

"형님이 자꾸 지는 바람에 만회할 때까지 계속했거든요."

농담을 던진 것은 이시쿠라였다. 재미는 없었지만 웃음을 지으며 그들에게 다가갔다.

"사모님은 언제부터 여기 계셨어요?"

부인을 보며 물었다.

"같이 왔어요."

부인이 대답했다.

"딸을 방으로 데려다준 다음부터 남편과 계속 함께 있었습니다. 그런데 왜요?"

"아뇨. 별것 아닙니다."

나는 현관을 바라보았다. 유리문은 단단히 닫혀 있었다.

후유코는 밖으로 나간 것일까?

야마모리 사장 일행이 30분 전부터 여기 있었다고 했으니, 후유코는 10시에서 10시 30분 사이에 이곳을 나갔다는 이야기가 된다.

나는 현관으로 걸어가 문이 잠긴 상태를 확인했다. 유리문은 안쪽에서 잠겨 있었다.

"동료 분이 밖으로 나가셨으면 문을 열어봐야겠네요."

모리구치라는 뚱뚱한 숙소 주인이 내 옆으로 걸어왔다. 그리고 유리문의 자물쇠를 풀었다.

"저기요, 이 문은 몇 시에 잠그셨어요?"

"아, 그게, 마작을 그만두기 조금 전이었으니까, 10시 15분이나 20분쯤. 원래는 10시에 잠가야 하는데 깜빡했습니다."

그러곤 벽에 붙은 종이를 손가락으로 가리켰다. 거기에는 '밤 10시 이후에는 현관을 닫으니 주의하시기 바랍니다!'라는 글이 굵은 매직펜으로 적혀 있었다.

조금 신경이 쓰였다.

만약 후유코가 산책을 나갔다면 10시 15분 이전이다. 그 후에 나갔다면 이 자물쇠를 풀었을 테니 지금 이렇게 문이 잠겨져 있을 리가 없다.

나는 벽에 걸린 시계를 봤다. 11시 10분을 가리키고 있었다. 그렇다면 지금까지 한 시간 가까이 외출 중이라는 이야기다.

"저기요……."

나는 다시 담소를 나누고 있는 사람들을 불렀다.

"정말 하기오 씨를 못 보셨나요?"

대화가 끊기고 모든 시선이 내게 집중되었다.

"못 봤는데. 왜 그러세요?"

되물은 것은 이시쿠라였다.

"방에 없어서요. 산책이라도 나갔나 싶었는데, 아무래도 시간이 너무 지나서……."

야마모리 사장이 소파에서 일어섰다.

"그것 참 걱정되겠군요. 찾아보는 게 나을 것 같습니다. 모리구치 씨, 손전등을 빌릴 수 있을까요?"

"그건 상관없지만 조심하십시오. 캄캄한 밤인 데다 조금만 가면 절벽이라."

"알겠습니다. 유스케, 너도 가자."

"물론이죠. 제게도 손전등을 빌려주십시오."

"저도 갈게요."

내가 말했다. 둘의 심각한 모습을 보고 있자니 불안이 점점 커졌다.

우리는 두 팀으로 나눠 후유코를 찾기로 했다. 이시쿠라가 숙소 앞 차도를 따라 나섰고, 나와 야마모리 사장은 숙소 주변을 찾아보기로 했다.

"왜 이런 시간에 숙소 밖으로 나간 거요?"

야마모리 사장이 약간 화난 목소리로 말했다. 나와 단둘이 있을 때는 항상 이렇게 고압적인 자세를 취했다.

"모르겠어요. 저와 나란히 잠자리에 들었는데……."

"몇 시쯤?"

"10시쯤이었어요."

"그것부터가 잘못이지. 너무 시간이 이르잖소. 평소에 불규칙적인 생활을 하니까 어쩌다 일찍 자려고 하면 잠이 오지 않는 거요."

나는 아무 대답 없이 그저 열심히 발을 옮겼다. 그의 불쾌한 말을 상대하고 있을 때가 아니었다.

숙소 주변에는 작은 숲이 우거져 있고, 그 사이로 깨끗하게 정비된 포장도로가 나 있었다. 그 길을 따라 숙소 뒤로 돌아갔다. 그곳은 주인이 말한 대로 절벽이었다. 모든 것을 빨아들일 것 같은 시커먼 어둠이 눈앞에 펼쳐졌다. 어둠 속에서 파도소리가 들려왔다.

야마모리 사장은 절벽 밑으로 손전등을 비추었다. 하지만 빛이 절벽 밑까지 닿지 못했다.

"그럴 리는 없겠지만⋯⋯."

혼잣말처럼 그가 말했지만, 나는 입을 다물었다. 대답하고 싶지 않았다.

숙소를 한 바퀴 돌고 돌아왔다. 하지만 후유코는 여전히 돌아오지 않았다. 돌아온 것은 언짢은 표정을 한 이시쿠라뿐이었다.

"이 숙소 안엔 없습니까?"

야마모리 사장이 주인인 모리구치에게 물었다. 모리구치는 관자놀이에 흐르는 땀을 수건으로 닦으며 대답했다.

"전부 찾아봤는데 어디에도 없습니다. 다른 분들한테도 여쭤봤습니다만, 알고 계신 분이 없네요."

그러고 보니 가네이 사부로와 시즈코도 모여 있었다. 지금 이곳에 없는 사람은 유미뿐이었다.

"어쩔 수 없군. 제가 여기서 조금 더 기다려보죠. 여러분은 돌아가서 쉬세요. 날이 밝으면 한번 더 찾아봅시다."

야마모리 사장이 사람들을 둘러보며 정리하듯 말했다.

"경찰에 신고하는 게 낫지 않을까요? 그쪽에 맡기는 게 확실합니다."

조심스럽게 대화에 끼어든 사람은 다케모토 마사히코였다. 하지만 야마모리 사장은 곧바로 고개를 흔들었다.

"이 섬에는 경찰서가 없습니다. 파출소가 하나 있긴 하지만 경시청 관할이라 지금 연락해봤자 내일 아침 헬기가 떠야 사람들이 올 겁니다. 그것도 정말 사건이 일어났다고 확신할 때까지는 움직이지 않을 겁니다."

"기다리는 수밖에 없다는 건가."

이시쿠라가 자기 목덜미를 탁탁 두드리며 말했다.

"어쨌든 다른 분들은 모두 주무세요. 별일 없으면 예정대로 내일 아침에 출발해야 하니까."

야마모리 사장의 말에 하나둘 돌아서기 시작했다. 하지만 모두의 얼굴엔 이렇게 쓰여 있었다. '별일 없을 리가 없어.'

"저는 남겠습니다."

야마모리 사장이 나까지 2층으로 쫓으려 해서 단호하게 말했다.

"오히려 사장님이 주무시는 게 나을 것 같은데요. 내일 배를 몰아야 하잖아요."

"잠이 올 리가 있겠소?"

그렇게 말하며 그는 소파에 몸을 묻었다.

- **2** -

결국 그 자리에 남은 사람은 야마모리 사장과 나, 주인인

7장 **기묘한 밤**   235

모리구치였다.

나는 소파에 누운 채 기다렸다. 이따금 졸음이 몰려와 의식이 멀어지기도 했다. 하지만 그것도 잠깐, 다음 순간에 다시 눈을 떴다. 좀 잤나 싶었지만, 실은 악몽을 꾸고 깬 것이었다. 악몽이라지만 꺼림칙한 기분만 있지 내용은 하나도 기억이 나지 않았다.

그렇게 기다리는 동안 시간이 흘러 날이 조금씩 밝았다. 로비의 시계가 5시를 가리키길 기다렸다가 우리는 다시 밖으로 나갔다.

"후유코! 후유코!"

자욱한 아침 안개 속을 그녀의 이름을 부르며 걸었다. 주위는 정적에 휩싸여 있었다. 내 목소리가 낡은 우물 속에 대고 외친 것처럼 메아리가 되어 공허하게 울려 퍼졌다.

불안이 치밀어 올랐다. 심장박동이 빨라지고 토할 것만 같았다. 게다가 여전히 머리가 아팠다.

"숙소 뒤쪽으로 돌아가 봅시다."

야마모리 사장이 말했다. 숙소 뒤에는 어제 본 절벽이 있었다. 그의 의도를 읽는 순간, 두 발이 그 자리에 멈췄다. 하지만 외면할 수 없는 일이었다.

태양이 아주 빠른 속도로 떠오르고 있었다. 안개가 사라지고 조금씩 시야가 넓어졌다. 풀과 나무까지 보이자 내 불안은 기하급수적으로 커졌다.

어젯밤엔 제대로 보지 못했는데, 절벽 앞에는 나무와 철조망으로 울타리가 쳐져 있었다. 하지만 그다지 튼튼해 보이지 않았다. 쉽게 넘어갈 수 있을 정도였다.

야마모리 사장이 그 울타리를 넘어 조심조심 절벽 끝으로 다가갔다. 파도소리가 들려왔다. 나는 그가 아무렇지도 않게 돌아오길 바랐다.

말없이 절벽 밑을 바라보던 그가 이윽고 무표정한 얼굴로 돌아왔다. 그러곤 내 어깨에 손을 얹고 억양 없는 목소리로 말했다.

"일단 돌아갈까요?"

"돌아가다니요……? 야마모리 사장님……."

나는 놀라 그의 얼굴을 보았다. 내 어깨를 잡은 손에 힘이 들어갔다.

"돌아갑시다."

어둡고 무겁게 가라앉은 목소리였다. 동시에 무언가가 내 마음속을 휘저었다.

"절벽 아래 뭐가……. 후유코가……."

그는 대답 대신 물끄러미 나를 바라보았다. 긍정한 것이나 마찬가지였다. 나는 그의 손을 뿌리치고 절벽으로 향했다.

"그만둬요!"

그의 말을 뒤로하고 울타리를 넘어 절벽 아래를 내려다봤다. 푸른 바다, 흰 파도, 검은 바위……. 그런 것들이 순식간에 내 시야에 들어왔다.

그리고 후유코가 있었다.

후유코가 바위에 달라붙어 있었다. 작은 꽃잎처럼 보였다. 움직임 없이 그저 바람에 흩날리고 있었다.

의식이 바다로 빨려드는 것 같았다.

"위험해요!"

누군가가 내 몸을 부축했다. 하늘과 바다가 한 바퀴 빙 돌더니 갑자기 발밑이 가벼워졌다.

8장

알리바이

無人島より敬意を込めて

눈을 뜨니 흰 천장이 보였다.

이상하네, 내 방에 이런 게 있었나. 그러면서 서서히 기억이 돌아왔다.

"죄송합니다. 제가 깨웠나 보군요."

머리 위쪽에서 목소리가 들렸다. 올려다보니 시즈코가 창가에 서 있었다. 창은 열려 있고, 흰 레이스 커튼이 바람에 흔들리고 있었다.

"환기를 시키려고요. 문을 닫을까요?"

"아뇨. 그대로 둬도 상관없어요."

목소리가 지독하게 갈라져 나왔다. 왠지 비참한 심정이 되었다.

"제가 정신을 잃은 모양이네요. 그래서 여기로 실려 온 거죠?"

"예……."

시즈코가 고개를 조그맣게 끄덕였다.

"후유코는, 죽은 건가요?"

"……."

시즈코가 고개를 숙였다. 당연한 걸 물었다는 생각에 문득 미안해졌다. 나 역시 그게 꿈이 아니라는 걸 너무도 분명히 알고 있었다.

눈시울이 뜨거워져 두 손으로 얼굴을 가리고 일부러 헛기침을 했다.

"저기, 다른 사람들은?"

"아래 로비에 있어요."

"……뭘 하고 있나요?"

"……"

시즈코는 어떻게 말해야 할지 모르겠다는 듯 눈을 내리깔고 조그만 목소리로 대답했다.

"앞으로 어떻게 할 지 의논하고 있어요."

"경찰은?"

"파출소에 있는 두 분이 오셔서 보고 갔는데, 도쿄에서도 오는 모양이에요. 하지만 조금 시간이 걸린다고 하네요."

"그렇군요. 그럼 저도 슬슬 가봐야겠네요."

몸을 일으키자 다시 두통이 시작되었다. 게다가 다리가 후들거렸다. 그걸 봤는지 시즈코가 몸을 부축해주었다.

"괜찮으시겠어요? 무리하지 않는 게 좋을 것 같은데."

"예. 괜찮습니다. 기절한 건 처음이라 몸이 익숙지 않아서 그래요."

다시 한 번 괜찮다고 말한 뒤 침대에서 내려섰다. 발이 땅에 닿지 않는 느낌이었다. 하지만 그런 불평을 늘어놓을 때가 아니었다.

욕실로 들어가 찬물로 얼굴을 씻었다. 거울에 비친 얼굴이 한층 늙어버린 것 같았다. 피부는 생기를 잃었고, 눈은 처져 있었다.

이를 닦으려고 세면대 위로 손을 뻗은 순간 후유코의 칫솔이 손에 닿았다. 여러 번 본 적이 있는 하얀색 칫솔이었다. 그녀는 특히 치아 관리에 신경을 많이 써서 다른 제품은 절대 사용하지 않았다.

새하얀 치아에 이어 곧바로 후유코의 미소가 떠올랐다.

후유코…….

나는 그녀의 유품을 쥔 채 세면대 앞에 쓰러졌다. 몸속에서 뜨거운 것이 끓어올랐다.

그리고 울음을 터뜨렸다.

– **2** –

계단을 내려가자 모든 사람이 일제히 나를 주목했다. 그러나 곧, 그 대부분이 시선을 피했다. 시선을 피하지 않은 것은 야마모리 사장과 유미뿐이었다. 유미는 발소리를 듣고 이쪽을 봤지만 나라는 생각은 못한 듯하다.

"괜찮으십니까?"

야마모리 사장이 다가섰다. 고개를 끄덕였지만 힘을 거의 소진한 상태였다.

이시쿠라 유스케가 나를 위해 자리를 비켜줬다. 인사를 하고 자리에 앉자 또다시 묵직한 피로가 밀려왔다.

"그래서…… 어떻게 됐나요?"

모두가 시선을 피하고 있었기 때문에 어쩔 수 없이 야마모리 사장에게 물었다.

"지금, 모리구치 씨가 파출소에서 나온 분들을 현장으로 안내하고 있습니다."

낮고 차분한 목소리였다. 그는 항상 그랬듯 평정을 유지하고 있었다.

"여하튼 우리 요트 여행은 저주를 받았어요."

이시쿠라가 한숨을 섞어 내뱉었다.

"작년에 그런 사고를 당했는데, 올해는 또 절벽에서 추락하는 사고가 일어나다니. 농담이 아니라 무슨 굿이라도 해야 할 것 같아요."

"사고요?"

내가 다시 물었다.

"후유코가 절벽에서 떨어진 게 사고라고 하셨어요?"

모두의 얼굴이 다시 나를 향했다. 하지만 이번 눈빛은 조금 전과는 다르게 느껴졌다.

"당신은 사고가 아니라고 생각합니까?"

야마모리 사장의 질문에 나는 강하게 머리를 끄덕였다. 당연하지 않느냐는 감정을 담아서.

"중대한 발언이군요, 아주."

그는 더욱 또렷하게 말했다.

"사고가 아니라는 건 자살이나 타살로 본다는 이야기가 되겠군요. 그리고 당신은 당연히 자살이라고는 생각하지 않겠죠?"

"예, 물론입니다."

내가 대답하자 곧바로 야마모리 부인이 고개를 절레절레 흔들며 말했다.

"정말 어처구니가 없군. 타살이라니, 무슨 소릴 하는 거예요? 설마 우리들 중에 범인이 있다고 생각하는 건 아니죠?"

"아니, 타살이라면 당연히 범인은 우리들 중에 있다고 생각해야겠지."

야마모리 사장은 무서울 정도로 냉정한 얼굴을 하고 있었다.

"사고라고 결정내리는 건 성급한 판단일지 몰라요. 추락사의 경우, 그런 판단이 매우 어렵다고 들었습니다."

"그래도 우리들 중에 범인이 있는 것처럼 이야기하는 건 뜻밖이네요."

야마모리 부인이 히스테릭한 반응을 보였다. 붉은 립스틱을 칠한 입술이 살아 있는 생물처럼 꿈틀댔다.

"타살로 생각하는 이유를 설명해주시겠어요?"

야마모리 사장에 뒤지지 않을 만큼 차분하게 운을 뗀 것은 무라야마 노리코였다. 화장을 완벽하게 해서 그런지 이런 돌발 상황에도 당황한 기색은 전혀 찾아볼 수 없었다.

나는 그녀를 건너다본 다음, 모두의 얼굴을 차례로 바라보았다.

"제가 사고가 아니라고 한 것은, 사고라고 하기에는 의문점이 너무 많기 때문이에요. 그 의문을 해결하지 않는 한 납득할 수 없습니다."

"어떤 의문 말입니까?"

야마모리 사장이 물었다.

"먼저, 절벽 끝에는 울타리가 쳐져 있었어요. 왜 후유코는 울타리를 넘어 절벽 앞에 섰을까요?"

"그거야 특별한 이유가 없을지도 모르죠."

대답한 것은 이시쿠라였다.

"절벽 밑을 내려다보려고 넘어갔을지도 모르잖아요."

"그 시간이라면 절벽 밑은 캄캄해서 아무것도 보이지 않았을 거예요. 그런데 뭘 보려고 했다는 거죠?"

"그건⋯⋯."

뭔가 말을 하려다 말고 그는 입을 다물었다.

나는 계속해서 말했다.

"두 번째 의문은 후유코가 숙소를 나갔다는 사실 자체예요. 현관에는 밤 10시에 문을 잠근다는 공지가 되어 있잖아요? 그걸 봤다면 산책 같은 건 나가지 않았을 거예요. 문이 닫힐지도 모르니까요."

"그러니까⋯⋯."

야마모리 사장이 입을 열었다.

"그 공지를 못 본 거겠지요. 못 봤으니까 숙소를 나선 것이지요."

"그렇게 생각하는 건 야마모리 사장님이 후유코의 성격을 모르기 때문입니다. 만약 산책을 나가려 했다면 밤늦은 외출이니 필요한 것들을 확인했을 거예요."

"그건 좀 지나치게 편을 드는 것 같네요."

무라야마 노리코가 감정을 억누르며 말했다.

"그리고 설령 말씀하신 대로라 해도, 하기오 씨가 숙소를 안 나갔다고 단정하는 건 무리 아닐까요? 만약 그분이 산책을 나가려 한 시간이 10시 전이라면, 그때까지 돌아오면 될 거라고 생각했을 테니까요."

"아니, 그건 그렇지 않아."

나 대신 야마모리 사장이 대답했다. 그가 자신의 비서를 향해 말했다.

"하기오 씨가 잠자리에 든 건 10시였어. 도중에 일어나서 방을 나왔다면, 당연히 숙소를 나선 것은 10시 이후가 되는 거지. 그렇죠?"

"맞습니다."

내가 대답했다.

"하지만 그분이 숙소를 나간 것은 사실이잖아요? 어쨌든 숙소 밖에서 죽었으니까."

부인의 말투에 초조함이 섞여 있었다. 나는 부인의 얼굴을 똑바로 바라보았다.

"자기 의지로 숙소를 나갔다고 단정 지을 수는 없다고 생각합니다. 누군가가 불러서 나갈 수도 있고, 극단적인 경우 숙소 안에서 살해된 다음 절벽에 버려졌을 수도 있죠."

설마, 하며 부인이 얼굴을 돌렸다.

"물론 분명 당신 말에도 일리가 있습니다. 하지만 여기서 아무리 이야기해도 결말이 날 것 같진 않군요."

험악한 분위기를 수습하듯 야마모리 사장이 일동을 둘러보며 말을 이었다.

"그럼, 어떻게 할까요? 여기서 각자 어젯밤에 뭘 했는지 말할까요? 그러면 조금 해결되지 않을까요?"

"알리바이 말입니까?"

이시쿠라가 미간을 찌푸렸다.

"그다지 기분 좋은 일은 아니군."

"그러나 이 점에 대해서는 어쨌든 분명히 해둬야 할 겁니다. 도쿄에서 수사관들이 도착하면 제일 먼저 우리의 알리바이에 대해 물을 테니까요."

"그 예행연습이라는 건가?"

이시쿠라가 아랫입술을 쭉 내밀고 어깨를 으쓱했다.

"어떠세요, 여러분?"

야마모리 사장이 모두의 얼굴을 둘러봤다. 모두 서로의 반응을 의식하면서 상당히 소극적으로 동의를 표했다.

이렇게 해서 모든 사람의 알리바이를 확인하게 되었다.

— **3** —

"여러분도 아시다시피 저는 계속 지하 마작 룸에 있었습니다."

처음으로 말을 꺼낸 것은 야마모리 사장이었다. 확실하게 자신감이 있는 모양이다.

"물론 손을 씻으려고 잠깐 자리를 비운 적은 있지만, 시간으로 따지면 이삼 분 정도입니다. 도저히 다른 일을 할 수 있는 시간은 아니지요. 동생도 계속 같이 있었습니다. 모리구치 씨와 주방장도 그렇고. 즉, 증인이 있다는 얘깁니다."

그의 말에 이시쿠라가 만족스러워하며 고개를 끄덕였다.

"마작이 끝난 건 몇 시였습니까?"

내가 물었다.

"10시 30분쯤입니다."

야마모리 사장이 곧바로 대답했다.

"어젯밤에 말했던 대롭니다. 마작을 끝내고 여기서 사람들과 잡담을 하고 있었지요. 그렇게 11시가 됐고, 당신이 내려온 겁니다."

"저도 마찬가집니다. 말할 필요도 없어요."

이시쿠라가 낙관적인 표정으로 말했다.

내가 잠자코 있자 야마모리 사장이 자기 아내를 보며 말했다.

"다음은 당신이 해요."

부인은 못마땅한 표정을 지었지만 별다른 불평 없이 내게로 돌아앉았다.

"식사를 마친 뒤, 10시 조금 전까지 유미와 여기 있었습니다. 그리고 유미를 방까지 데려다주고 잠자리에 들게 한 후, 남편을 보러 왔죠. 그 뒤에는 계속 함께 있었습니다."

"아내가 우리한테 온 건 10시쯤이었습니다."

야마모리 사장이 말했다.

"이건 모리구치 씨한테 확인해보면 될 겁니다."

나는 머리를 끄덕이며 자연스럽게 부인 옆에 앉아 있는 유미에게 시선을 돌렸다.

"유미는 말 안 해도 되죠?"

내 시선을 느꼈는지 야마모리 사장이 말했다.

"딸이 뭔가를 할 수 있다고 생각하는 건 아니겠죠?"

그의 말은 일리가 있었다. 나는 가네이 사부로에게 시선을 옮겼다.

"나는 식사 후에 한동안 다트를 했습니다."

그가 말하기 시작했다.

"옆에서는 하기오 씨가 핀볼 게임을 했고, 무라야마 씨와 다케모토 씨는 당구를 치고 있었습니다."

"맞아요."

무라야마 노리코가 끼어들었다. 다케모토 마사히코도 고개를 끄덕였다.

"다트를 끝낸 후엔 사모님과 유미 양과 이야기를 나누며 9시 30분까지 여기 있었습니다. 그리고 방으로 돌아와 샤워를 하고, 바깥바람이나 쐴까 해서 옥상으로 갔죠. 옥상에는 무라야마 씨와 다케모토 씨가 먼저 와 계셨습니다."

"그게 몇 시쯤이었습니까?"

"10시는 아직 안 됐던 것 같습니다."

"예. 맞아요."

또다시 옆에서 무라야마 노리코가 말했다.

"10시가 채 못 됐어요. 그 뒤에 바로 시즈코 씨도 왔는데, 그때가 마침 10시였습니다."

"잠깐만요."

나는 가네이 사부로의 얼굴을 봤다.

"당신은 시즈코 씨와 산책을 나가지 않았나요?"

"산책이요?"

그의 눈썹이 심하게 일그러졌다.

"아뇨. 저는 숙소를 나가지 않았습니다."

"하지만……."

이번에는 시즈코 씨에게 시선을 옮겼다.

"9시 40분쯤, 시즈코 씨는 숙소를 나갔습니다. 저는 당연히 가네이 씨와 함께일 거라고 생각했습니다만."

시즈코는 거짓말을 들킨 것 같은 얼굴이었다. 자신이 나갔다는 사실을 내가 알고 있다는 게 의외라고 생각했을지도 모른다.

"후유코가 당신을 봤습니다. 그게 마침 그 무렵이었어요."

내 말에 그녀는 한참을 멍하니 있다가 고개를 끄덕였다.

"그건 제가 산책로 상태를 보러 갔던 때인 것 같습니다."

시즈코는 갑자기 생각난 것처럼 말했다.

"사모님이 제게 아가씨가 걸을 수 있는 길이 주변에 있는지 물어보셔서 알아보러 나갔습니다."

"시즈코 씨 말이 맞습니다."

부인이 말했다.

"벌레 울음소리가 하도 예뻐서 산책을 좀 시켜볼까 했어요. 그래서 위험하지 않은지 확인해달라고 했죠. 하지만 너무 어두워 안전하지 않다고 해서 그만뒀습니다."

"시즈코 씨는 얼마나 밖에 계셨어요?"

내가 물었다.

"10분 정도였던 것 같아요."

그녀가 대답했다.

"그 뒤에 사모님과 함께 아가씨를 방까지 데려다주고 옥상으로 갔습니다. 저기…… 가네이 씨가 목욕을 끝낸 후 옥상으로 가겠다고 말씀하셔서요."

시즈코의 말이 끝부분에서 조금 흔들렸다. 가네이 사부로와의 관계를 밝혀야만 했기 때문일 것이다.

"지금 이야기로 대충 아셨겠지만……."

무라야마 노리코가 자신만만하게 입을 열었다.

"저와 다케모토 씨는 당구를 쳤습니다. 가네이 씨가 방으로 돌아가기 조금 전에 당구를 끝냈으니, 9시 30분이 조금 못 됐을 때였죠. 그 뒤에는 다케모토 씨와 옥상으로 가서 일 이야기를 했습니다. 그렇게 한동안 있자니 가네이 씨와 하루무라 씨가 왔습니다."

나는 확인하는 뜻에서 다케모토 마사히코의 얼굴을 봤다. 틀림없다는 뜻으로 그가 고개를 끄덕였다.

"그럼, 이걸로 모두의 알리바이가 다 밝혀졌군요."

야마모리 사장이 두 손을 비비며 모두를 둘러봤다.

"모두 아무 일 없이 밤을 보내신 것 같군요. 무엇보다 분명해진 것은 우리 모두 밤 10시 이후의 알리바이가 있다는 겁니다. 그리고 하기오 씨가 방을 나간 것은 10시가 지난 후였으니, 아무도 그분을 만날 수 없었다는 이야기가 되죠."

이시쿠라는 이내 얼굴 표정을 누그러뜨렸고, 야마모리 부인은 의기양양하게 가슴을 펴고 나를 보았다.

나는 팔짱을 끼고 발밑으로 시선을 떨어뜨렸다.

그럴 리가 없어.

누군가 거짓말을 하고 있다. 후유코가 밤늦게 절벽으로 가서 스스로 떨어졌다는 건 도저히 믿을 수가 없다.

"납득이 안 되는 모양이군요."

부인의 목소리가 울렸다. 왠지 조소가 섞여 있는 것처럼 느껴졌다.

"그래도 납득이 안 된다면 설명을 해보세요. 그분이 살해될

254

이유가 있나요? 이런 경우에는 그런 걸 동기라고 하겠죠?"

동기⋯⋯.

억울하지만, 분명 그것도 큰 의문 중 하나였다. 왜 그녀가 살해되어야 했을까? 왜 그녀는 이런 돌발적인 사건에 휘말리게 되었을까? 휘말려?

맞아! 나는 마음속으로 쾌재를 불렀다. 밤늦게 방을 나갔다 뭔가 뜻밖의 사건에 휘말린 게 아닐까? 예컨대 중요한 비밀을 우연히 봤거나 말이다. 그리고 들킨 쪽이 그녀의 입을 막아야만 했다면⋯⋯.

"어때요? 동기가 뭔지 분명히 이야기하세요."

부인은 여전히 가시 돋친 말을 쏟아냈다.

내가 잠자코 있으니 "그만해." 하고 야마모리 사장이 나섰다.

"친구가 갑자기 죽었으니 누구든 의심할 수 있지. 알리바이를 입증해 그 의문이 풀렸으면 이제 된 거 아닌가?"

의문이 풀려?

말도 안 된다. 의문은 하나도 풀리지 않았다. 내게는 아직 모두가 적이다. 내가 알지 못하는 곳에서 알리바이를 입증한 건 아무 의미가 없다.

나는 여전히 고개를 숙인 채 어금니를 악물었다.

얼마 후, 숙소 주인과 파출소 경찰이 돌아왔다. 쉰 정도 되는 푸근한 인상의 경찰은 갑작스러운 사고에 동요를 감추지 못했다. 우리를 보고도 질문은 던질 생각을 않고 주인하고만 소곤소곤 이야기를 나누었다.

그로부터 얼마 되지 않아 도쿄에서 수사관들이 달려왔다. 뚱뚱한 형사와 마른 형사 콤비가 로비에서 우리의 이야기를 대충 들은 다음 제일 먼저 나만 식당으로 불러냈다.

"그러니까……."

뚱뚱한 형사가 샤프펜슬로 머리를 긁으며 물었다.

"잠자리에 들 때 하기오 씨의 모습에서 뭔가 이상한 건 없었다는 말씀이죠? 적어도 당신 눈에는 말입니다."

"예."

흠, 형사는 생각에 빠진 표정을 지었다.

"하기오 씨와 함께 여행한 건 이번이 처음입니까?"

"아뇨. 전에도 두세 번 취재차 함께 여행을 갔습니다."

"그때도 이런 일이 있었습니까? 그러니까, 하기오 씨가 밤중에 자지 않고 외출한 적이."

"저와 함께 여행할 때는 없었습니다."

"당신과 함께 여행할 때는 하기오 씨가 잘 잤다는 말입니까?"

"예. 그렇습니다."

"알겠습니다."

형사는 수염이 아무렇게나 자라 있는 턱을 문질렀다. 깎을 틈이 없었던 모양이다.

"이번 여행은 당신이 오자고 한 건가요?"

"그렇습니다."

"취재차 온 것 같던데, 하기오 씨는 이번 여행을 좋아했나요?"

이상한 질문이었다. 나는 일단 고개를 숙인 다음 대답했다.

"여행을 많이 한 사람이라 그렇게 손꼽아 기다린 정도는 아니지만 나름대로 즐기고 있었다고 생각합니다."

서툰 답변이지만 어쩔 수 없었다.

"당신과 하기오 씨의 개인적인 친분은 어땠나요? 많이 가까운 편인가요?"

"예."

나는 고개를 끄덕이며 말했다.

"친구였습니다."

뚱뚱한 형사는 오호, 하고 말하는 것처럼 입을 동그랗게 벌렸다. 그리고 슬쩍 옆에 있는 마른 형사를 보고 다시 내 얼굴로 시선을 돌렸다.

"이번 여행을 하기 전에 하기오 씨로부터 무슨 이야기를 들은 적 없나요?"

"이야기요? 어떤 이야기 말입니까?"

"아니, 뭐, 그러니까, 개인적인 고민 같은 거 말입니다."

"아……."

그제야 형사의 의도를 깨달았다.

"후유코가 자살했다고 생각하십니까?"

"아뇨. 확실히 결정된 건 없습니다. 모든 가능성을 검토하는 게 우리 일이니까요. 그런데 어떻습니까? 그런 고민을 이야기한 적 없나요?"

"전혀 없었습니다. 그 친구가 고민 같은 걸 안고 살았다고는 생각하지 않습니다. 일에서나 사생활에서나 충실했다고 생각합니다."

내가 장담하자 형사는 머리를 긁으며 입술을 일그러뜨렸다. 쓴웃음을 짓고 싶지만 내 입장을 생각해 참고 있는 것처럼 보였다.

"알겠습니다. 마지막으로 하나만 확인하고 싶은데, 당신과 하기오 씨가 잠자리에 든 게 10시쯤이었다고 하셨죠?"

"그렇습니다."

"당신이 눈을 뜬 게 11시."

"예."

"그동안 당신은 깊이 잠들어서 한 번도 눈을 뜨지 않았던 거죠?"

"예……. 왜 그런 걸 물으시죠?"

"아뇨. 별다른 뜻이 있는 건 아닙니다. 다만 그 시간에 잠이 든 게 당신뿐이어서요."

"……."

형사의 말이 무슨 뜻인지 이해가 되지 않아 순간 입을 다물었다. 그러다 이내 깜짝 놀랐다.

"저를 의심하는 건가요?"

그러자 형사는 말도 안 된다며 손을 흔들었다.

"의심이라니, 천만에요. 아니면 의심할 이유라도 있나요?"

"……."

이 질문에 입을 다문 것은 대답할 마음조차 들지 않았기 때문이다. 나는 형사의 얼굴을 노려보다 의자에서 일어섰다.

"질문은 더 없죠?"

"아, 예. 끝났습니다. 고맙습니다."

지루하고 김빠진 목소리로 말하는 형사를 남겨두고 식당을 나왔다. 화가 나서 슬픔이 온데간데없이 사라졌다.

◆◆◆

이후 다른 수사관 두 명이 우리 방에 와서 후유코의 짐을 확인하겠다고 말했다. 목적이 뭔지에 대해 아무도 말하지 않았지만, 그들의 모습을 보건대 유서 같은 게 나오지 않을까 기대하고 있는 것처럼 보였다. 하지만 그런 건 당연히 발견되지 않았다. 그들은 실망의 빛을 역력히 드러내며 방을 나갔다.

얼마 뒤, 조금 전의 뚱뚱한 형사가 왔다. 이번에는 내게 소지품을 확인해달라고 부탁했다. 두말할 필요 없이 후유코의 소지품을 말하는 것이다.

"아까 못 물어본 게 있는데, 물어봐도 될까요?"

식당으로 가면서 나는 뚱뚱한 형사에게 물었다.

"좋습니다. 뭐죠?"

"우선 사인입니다. 후유코의 사인이 뭐죠?"

형사는 조금 생각한 다음 말했다.

"온몸에 강한 충격이 가해졌습니다. 그 암벽 말입니다. 잠깐도 버티지 못했을 겁니다. 머리 뒷부분에 큰 함몰이 있더군요. 그게 치명상이었을 겁니다. 필시 즉사했을 겁니다."

"싸운 흔적은 없었나요?"

"조사 중이라 분명치는 않습니다. 다른 질문은?"

"아뇨. 일단 됐습니다."

"그럼, 이번에는 저희가 협조를 부탁드리겠습니다."

형사에게 등을 떠밀려 다시 식당으로 들어서자 한 테이블 옆에 마른 형사가 서 있었다. 그 테이블 위에는 낯익은 지갑과 수건이 놓여 있었다.

"하기오 씨 물건이 맞습니까?"

뚱뚱한 형사가 물었다. 나는 하나하나를 손에 올려놓고 살펴봤다. 틀림없었다. 그녀가 마지막으로 뿌렸던 향수 냄새가 번지자 눈물이 나왔다.

"먼저 지갑 안을 살펴봐주십시오."

후유코가 좋아했던 셀린느 지갑 속에서 뚱뚱한 형사가 내용물을 꺼냈다. 현금카드, 신용카드, 현금 6만 4,420엔.

나는 힘없이 고개를 흔들었다.

"내용물에 변화가 있는지는 모르겠습니다."

"아, 그렇겠죠."

형사는 카드와 현금을 지갑에 다시 넣었다.

식당을 나와 로비에 들렀다. 야마모리 사장과 무라야마 노리코가 소파 근처에서 이야기를 나누고 있었다. 나를 보고 야마모리 사장은 한쪽 손을 올려 인사했지만, 무라야마 노리코는 별다른 내색을 하지 않았다.

"아무래도 오늘 도쿄로 돌아가는 건 어렵겠습니다."

야마모리 사장이 매우 피곤에 지친 얼굴로 말했다. 그 앞에 놓인 재떨이에는 담배꽁초가 산처럼 쌓여 있었다.

"그럼, 내일 아침에 출발하는 건가요?"

내가 물었다.

"그래야죠."

그렇게 말하고 그는 또 담배를 피웠다.

나는 2층으로 올라가려다 문득 뒤를 돌아봤다. 어젯밤 내 친구가 그토록 열중했던 핀볼 게임기가 로비 구석에 조용히 서 있었다.

정면에는 가슴이 깊게 파인 드레스를 입은 여자가 마이크를 잡고 춤추면서 노래하는 일러스트가 그려져 있다. 그 여자 옆에는 중절모자를 쓴 남자가 있고, 그 남자 가슴 주변에 스코어판이 있었다. 3만 7,580점. 그것이 아마 후유코의 마지막 점수일 것이다.

마지막?

뭔가가 가슴을 쳤다.

'핀볼 게임은 끝낸 거야?'

'응. 동전을 다 써버려서 말이야.'

후유코의 소지품은 현금카드, 신용카드, 현금 6만 4,420엔.

……420엔?

잔돈이 있잖아? 그런데 왜 그런 말을 했을까? 동전이 없어서 그만뒀다는 말을…….

그것 말고 게임을 중단해야 했던 이유가 따로 있었단 말인가? 그리고 그 이유를 내게 말할 수 없었던 것일까?

여행 참가자들이 차례로 모습을 드러낸 것은 어제보다 조금 빨라진 저녁식사 때였다. 어제 메뉴는 회가 중심이었는데, 오늘 밤은 마치 패밀리 레스토랑을 연상시켰다. 햄버거 스테이크, 샐러드, 수프 그리고 쌀밥. 냉동식품과 캔 제품을 총동원한 것 같았다.

물론 그래도 분위기만 좋으면 즐거운 식사가 될 테지만, 거의 모두가 입을 굳게 다물고 포크와 나이프만 움직였다. 식기 부딪히는 소리만 나는 이런 분위기는 마음을 더욱 무겁게 하는 고문이나 다름없다.

나는 햄버거 스테이크 절반과 밥 3분의 2를 남긴 채 자리에서 일어나 곧장 로비로 갔다. 그곳에서는 숙소 주인인 모리구치가 피곤한 얼굴로 신문을 읽고 있었다.

모리구치는 나를 발견하자 신문을 놓고 왼손으로 오른쪽 어깨를 주물렀다.

"오늘은 정말 피곤하네요."

모리구치가 말했다.

"그러게요."

"저도 경찰한테 이런저런 이야기를 들었습니다. 숙소 주변 조명이 너무 어둡고 절벽 울타리가 너무 허술하다는 둥. 사고가 일어난 뒤니, 이미 늦은 일이라는 걸 새삼 깨달았죠."

위로할 말을 찾지 못해 잠자코 그를 등지고 자리에 앉았다.

"설마 이런 일이 생기리라고는 꿈에도 생각 못했습니다."

내가 아무 말도 하지 않고 있어서 그런지 그가 혼잣말처럼
말했다.

"이럴 줄 알았으면 마작 따위는 안 했을 텐데."

"어젯밤 모리구치 씨는 현관문을 잠그러 자리를 뜰 때 말고
계속 지하실에 계셨나요?"

내 물음에 그는 낙담한 얼굴로 끄덕였다.

"그런 적이 거의 없었죠. 그런데 어제는 너무 길어졌어요.
야마모리 사장이 같이하자고 하니까 거절하기가 힘들었죠."

"그렇다면 마작을 하자고 권한 건 야마모리 사장이었군요?"

"예. 그리고 주방장도 부르셨지요."

"그랬군요."

좀 신경 쓰이는 문제였다. 의심은 가나 마땅한 근거가 없었
다. 하지만 모리구치가 알리바이 증인으로 이용됐을 뿐이라
는 생각이 떠나질 않았다.

"그래서 야마모리 사장 일행과 계속 함께 계셨나요?"

"그렇습니다. 마작을 끝낸 후에도 이 로비에서 함께 있었지
요. 그리고 중간에 당신이 나타났죠."

"그랬죠."

모리구치의 말이 사실이라면, 역시 야마모리 사장을 의심하는 건 무리다. 나는 인사를 하고 그 자리를 떠났다.

방으로 돌아와 책상에 앉은 나는 모든 사람의 어젯밤 알리바이를 정리해봤다. 후유코의 죽음은 결코 사고나 자살이 아니다. 그렇다면 누군가 거짓말을 하고 있는 게 분명했다.

정리한 결과는 다음과 같았다.

야마모리 다쿠야, 이시쿠라 유스케, 모리구치, 주방장 : 식사 후부터 계속 마작 룸. 모리구치만 10시 15분쯤 문을 잠그기 위해 자리를 뜸. 10시 30분부터 전원 로비에.

야마모리 부인, 유미 : 10시 전까지 로비. 그 후 방으로 가서 유미만 잠자리에 들고 부인은 마작 룸으로. 야마모리 사장 일행과 합류. 그때가 10시 무렵.

다케모토 마사히코, 무라야마 노리코 : 9시 30분 조금 전까지 로비. 그 후 옥상에.

가네이 사부로 : 9시 30분까지 로비. 그 후 방으로 가서 샤워를 한 뒤 옥상으로. 그것이 10시 조금 전. 다케모토, 무라야마와 합류.

하루무라 시즈코 : *9시 40분 무렵까지 로비. 부인의 부탁으로 밖을 보러 나감. 돌아온 후 부인과 함께 유미를 방에 데려갔고 나중에 옥상으로 올라감. 그것이 정각 10시 무렵. 다케모토, 무라야마, 가네이와 합류.*

이상했다.

이 결과를 다시 살펴보면서, 나는 기묘한 현상을 발견했다. 그건 관계자 전원이 10시가 되자 약속이나 한 것처럼 합류했다는 점이다. 합류한 곳은 둘로 나뉘어져 있었다. 하나는 마작 룸 그리고 또 하나는 옥상.

게다가 두 군데 모두 알리바이 입증에 적당한 제삼자가 섞여 있었다. 마작 룸에는 모리구치와 주방장, 옥상에는 다케모토.

이걸 우연이라고는 도저히 생각할 수 없었다. 어떤 트릭을 써서 이런 상황을 만들었다고 할 수밖에는.

문제는 어떤 트릭이냐는 것이다.

하지만 추리작가인 나에게조차도 그 트릭이 어떤 것일지는 도무지 떠오르는 게 없었다.

후유코, 도와줘…….

나는 아무도 없는 침대에 대고 속삭였다.

다음 날 아침 일찍, 우리는 Y섬을 출발했다. 왔을 때와 마찬가지로 파도가 낮은, 항해하기에 좋은 날씨였다.

올 때와 달라진 것은 사람들의 표정과 배의 속도였다. 야마모리 사장은 서두르고 있었다. 도쿄를 향해 일사불란하게 배를 조종하고 있다는 게 느껴졌다. 내게는 그가 한시라도 빨리 Y섬에서 멀어지고 싶어 하는 마음을 드러내는 것처럼 여겨졌다.

승객은 모두 말이 없었다.

올 때는 경치에 시선을 빼앗겼던 사람들도 객실에 틀어박혀 거의 밖으로 나오지 않았다. 다케모토 마사히코가 가끔 모습을 드러냈지만 표정은 우울해 보였다.

나는 뒤쪽 갑판에 앉아 어젯밤처럼 트릭에 대해 생각하고 있었다. 여전히 떠오르는 게 없었고, 생각날 것 같지도 않았다.

"조심해."

등 뒤에서 소리가 들려 돌아보니 야마모리 부인이 유미의 손을 잡고 올라오고 있었다. 유미는 밀짚모자를 쓰고 있었다.

"웬일이야?"

선장실에서 야마모리 사장이 두 사람에게 말을 걸었다.

"유미가 파도 소리를 듣고 싶다고 해서요."

부인이 대답했다.

"음, 그래. 좋지. 의자에 앉으면 안전할 거야."

"그렇긴 하지만……."

"하고 싶은 대로 하게 놔둬."

그래도 부인은 한동안 망설이다 결국 내 옆에 있는 의자에 유미를 앉혔다. 말은 하지 않았지만, 부인은 옆에 내가 있으니 괜찮을 거라고 여겼을 것이다. 물론 나도 신경을 쓸 생각이었다.

"그럼, 일어나지 말고 그대로 있어. 기분이 안 좋으면 아빠한테 말하고."

"응, 엄마. 걱정 마."

딸의 시원스러운 대답에 조금 안심이 됐는지 부인은 말없이 다시 밑으로 내려갔다.

우리는 잠시 말없이 앉아 있었다. 유미가 내 존재를 모를 수도 있겠다 싶었는데, 그게 아니었다. 그 애가 말을 걸어왔기 때문이다.

"바다 좋아하세요?"

나한테 한 질문이라는 걸 금방 알아차리지 못했다. 그러나 나 말고 주위에 아무도 없다는 사실을 깨닫고 조금 늦게 대답했다.

"응. 좋아해."

"바다는 아름답나요?"

"그렇지. 사람들은 일본 바다가 더러운 편이라고들 하는데, 그래도 역시 아름다워. 하지만 그때그때 기분에 따라 다르기도 하지. 무섭다고 느낄 때도 많아."

"무서워요?"

"응. 예를 들어 지난해 사고를 당했을 때, 무섭다고 생각하지 않았어?"

"······예."

그 애는 고개를 숙이고 두 손을 깍지 꼈다. 잠시 대화가 끊겼다.

"저기요······."

그 애가 또 어색하게 말문을 열었다.

"하기오 씨······, 정말 안됐어요."

나는 소녀의 창백한 옆모습을 봤다. 이런 말을 꺼낸 게 왠지 부자연스럽게 느껴졌기 때문이다.

"유미 양."

나는 야마모리 사장을 신경 쓰며 조그맣게 불렀다.

"지금 나한테 하고 싶은 말이 있지?"

"그게······."

"그렇지?"

잠깐의 침묵 후, 유미는 천천히 심호흡을 했다.

"저는, 누구한테 이야기해야 좋을지 몰라서……. 아무도 저한테는 물어보지도 않았고요."

그랬었나? 나는 내 우둔함을 저주했다. 역시 이 소녀에게 질문을 던졌어야 했던 것이다.

"뭔가 알고 있니?"

"아뇨. 알고 있다고 이야기할 정도는 아니에요."

소녀는 이야기를 시작했으면서도 여전히 주저하는 기색이 역력했다. 왠지 그 마음이 내게도 닿았다.

"괜찮아. 무슨 얘길 듣더라도 소란 피우지 않을 거고, 너한 테 들었다는 이야기도 안 할게."

살짝 고개를 끄덕인 유미는 조금 안심하는 표정이었다.

"정말로…… 대단한 건 아니에요."

유미는 다시 한 번 못을 박고 말했다.

"그냥, 제 기억과 모두가 말하는 게 조금 달라서요."

"이야기해봐."

나는 몸을 쭉 펴고 곁눈질로 야마모리 사장을 봤다. 그는 묵묵히 조종에 몰두하고 있었다.

"실은…… 시즈코 씨가 숙소를 나간 뒤였어요."

"잠깐만. 시즈코 씨가 숙소를 나갔다는 건, 유미가 산책할 수 있는 길을 확인하러 갔을 때를 말하는 거지?"

"예."

"그 뒤에 무슨 일이 있었어?"

"예……. 그 뒤에 문이 두 번 더 열렸어요."

"문이 두 번?"

"현관문 말이에요. 소리는 거의 안 났지만 바람이 들어와서 알았어요. 틀림없이 두 번 더 열렸어요."

"잠깐!"

나는 필사적으로 머릿속을 정리했다. 그 애의 말이 언뜻 이해되지 않았다.

"시즈코 씨가 나간 것을 제외하고 두 번이란 말이지?"

"예."

"그럼, 그 두 번 중 하나는 시즈코 씨가 돌아왔을 때?"

"아뇨. 시즈코 씨가 나간 다음 현관문이 두 번 열렸고, 그 뒤에 시즈코 씨가 돌아왔어요."

"……."

그렇다면 두 가지 경우를 생각할 수 있다. 하나는 누군가 한 사람이 나갔다 돌아온 것. 그리고 다른 하나는 두 사람이 차례로 숙소를 나간 것.

"그때 엄마가 옆에 있었잖아. 그럼, 엄마는 누가 문을 열었는지 알겠네?"

"아뇨. 그게……."

유미가 입을 다물었다.

"아니야?"

"……엄마는 아마, 그때 옆에 없었을 거예요."

"없었다고?"

"화장실에 가느라 자리를 비웠을 때거든요."

"아, 그렇구나."

"엄마가 없는 사이에 현관문이 두 번 열렸어요."

"그렇다면……."

그게 자신의 기억과 모두의 말이 다르다고 한 이유였다. 모두의 의견을 종합하면 숙소 밖으로 한 발짝이라도 내놓은 것은 시즈코 씨뿐이다. 유미의 기억과 다른 게 당연하다.

"그 두 번의 간격은 어느 정도였어? 몇 초?"

"아뇨."

유미가 고개를 조금 갸웃거렸다.

"주크박스의 노래를 반쯤 들었을 정도의 시간이었어요."

그렇다면 일이 분 정도…….

"그 두 번의 차이는 없었니? 예를 들어 문을 여는 힘의 차이가 느껴졌다던가."

내 질문에 소녀는 미간을 찌푸린 채 생각에 빠졌다. 어려운 질문이라는 건 잘 알고 있었다. 누구든 문을 여는 차이 같은 데 관심을 가질 리가 없다. 모르면 됐다고 말하려는 순간…….

"그러고 보니……."

유미가 고개를 들었다.

"두 번째 문이 열릴 때 약간 담배 냄새가 난 것 같아요. 첫 번째 때는 그런 냄새가 없었거든요."

"담배 냄새……."

나는 유미의 가녀린 손을 잡았다. 소녀는 약간 긴장하고 있었다.

"알았어. 말해줘서 정말 고마워."

"도움이 됐나요?"

"아직 확실한 건 모르겠지만, 분명히 큰 도움이 될 것 같아. 하지만 다른 사람한테는 그 말을 안 했으면 해."

"알겠어요."

소녀가 고개를 가볍게 끄덕였다.

나는 자세를 고쳐 앉고 드넓게 펼쳐진 바다로 시선을 돌렸다. 배 뒤쪽에서 생긴 흰 거품이 멀리 퍼지다 이내 바닷물 속으로 사라져갔다. 이런 풍경을 바라보면서 머릿속으로는 유미의 말을 몇 번이나 반추했다.

현관문이 두 번 열렸다.

누군가가 문을 열고 밖으로 나갔다. 유미의 증언에 따르면 처음에 나간 것은 비흡연자고, 두 번째는 흡연자다. 모두 시즈코 씨 뒤를 따라 숙소를 나갔다. 그리고 시즈코 씨보다 앞서 숙소로 돌아왔다.

그렇다면 그 둘은 누구지?

여러 사람의 말로 머릿속이 들끓었다.

◆◆◆

배는 태양이 하늘 높이 떠 있는 시간에 항구에 도착했다. 어제부터 줄곧 피곤한 표정을 짓고 있던 사람들도 육지를 밟자 안심이 되는 모양이었다.

"저기, 저는 여기서 먼저 실례할게요."

짐을 건네받고 야마모리 사장에게 말했다. 그가 의외라는 표정을 지었다.

"차를 여기다 주차해놨습니다. 시간이 남으니 저희랑 시내까지 가시지요."

"아뇨. 잠깐 들를 곳이 있어서요."

"그래요? 그럼, 더 붙들 수도 없겠군요."

"죄송합니다."

나는 다른 사람들에게도 인사를 건넸다. 모두의 반응은 뭐라고 표현하긴 어렵지만 싸늘했다. 내가 사라진다는 사실에 안도하는 느낌마저 들었다.

"그럼, 이만."

가볍게 인사하고 그들과 헤어졌다. 한 번도 뒤를 돌아보지 않았지만, 그들이 어떤 시선으로 내 뒷모습을 보고 있을지 눈에 선했다.

물론 용건이 있다는 건 거짓말이다. 한시라도 빨리 그들과 헤어지고 싶었을 뿐이다.

유미의 말을 듣고, 나는 드디어 한 가지 결론에 도달했다. 그 결론을 가슴에 품은 이상 그들과는 1초도 함께 있고 싶지 않았다.

그것은 너무도 무섭고, 또 슬픈 결론이었다.

9장

드러난
비밀

無人島より敬意を込めて

– 1 –

　바다에서 돌아온 지 일주일이 지난 목요일, 후유코의 방을
정리했다.

　나로서는 상당히 일찍 일어나 서둘렀는데도 후유코의 언니
부부가 벌써 와서 청소기를 돌리고 짐을 싸고 있었다. 그들
부부와는 장례식 때 이야기를 나누었다. 왜 그런 사고를 당
했는지 모르겠다며 부부는 슬픔 속에서도 의문을 표시했는
데, 물론 그에 대해서는 제대로 설명할 방도가 없었다.

　"뭐든 가지고 싶은 게 있으면 말씀하세요."

　그릇을 상자에 담으면서 후유코의 언니가 말했다. 이와 비
슷한 말을 전에도 들은 적이 있다. 가와즈 마사유키의 방을
청소했을 때다. 그때 나는 그가 사용하던 낡은 스케줄표를
받아왔다. 그 안에서 야마모리라는 이름을 발견했고, 나의
추적이 시작되었다.

　"책이 굉장히 많은데 필요한 거 없으세요?"

　책장 정리를 하던 후유코의 형부가 말을 걸었다. 조금 뚱뚱
한 데다 선한 눈을 가지고 있는 형부는 그림책 속 코끼리를
떠올리게 했다.

"아뇨. 됐습니다. 제가 필요한 책은 후유코가 항상 곧바로 갖다줘서요."

"그랬군요."

형부는 상자에 책 담는 일을 계속했다.

이들 부부에게는 그렇게 말했지만, 내가 후유코의 유품에 흥미가 없었던 건 아니다. 오히려 오늘 이렇게 온 가장 큰 이유는 그녀의 유품을 확인하기 위해서라고 해도 좋았다. 사건 해결의 중요한 열쇠가 될 어떤 물건을 찾으러 온 것이다.

하지만 이 사실을 두 사람에게 이야기할 수는 없었다. 무엇보다 그 물건이 정말 이 방에 있는지조차 알 수 없었다.

언니가 그릇을, 형부가 책을 정리하는 사이 나는 옷장을 정리했다. 정장이 잘 어울렸던 그녀는 꽤 많은 옷을 갖고 있었다.

"후유코하고는 자주 못 만나셨나 봐요."

나는 두 사람에게 물었다.

"예. 동생이 늘 바빴거든요."

언니가 대답했다.

"마지막으로 만난 게 언제였나요?"

"그게…… 올해 1월이었던 것 같아요. 신년 인사차 얼굴을 내밀었죠."

"매년 그런 식이었나요?"

"예. 최근에는 그랬어요."

"부모님도 안 계셔서 별로 신경 쓰지 못했습니다."

형부의 말투에는 자기변호가 담겨 있었다.

"후유코는 친척들과 어떻게 지냈나요? 장례식 때는 친척들이 몇 분 오신 것 같던데."

"좋은 편은 아니었죠."

언니가 말했다.

"왕래가 거의 없었다고 해야 하지 않을까. 후유코가 막 취직했을 때는 자주 맞선 이야기가 오가곤 했죠. 하지만 그 애는 그게 싫었던지 친척들이 모이는 장소엔 거의 나타나지 않았어요."

"후유코한테 애인이 있었나요?"

"글쎄요. 그게……."

그녀는 자기 남편과 얼굴을 맞대고 고개를 갸웃했다.

"맞선 이야기를 거절할 때마다 늘 일이 너무 바쁘다는 구실을 댔어요. 댁한테는 어떻게 보였나요? 그 애한테 좋은 사람이 있었던 것 같아요?"

그녀가 나를 바라보았다. 나는 애교 섞인 미소를 지어 보이며 힘없이 고개를 흔들었다.

"그런 느낌은 전혀 없었어요."

역시 그랬군, 하는 얼굴로 후유코의 언니는 고개를 끄덕였다.

그러고 나서 한동안 잡담을 나누다가 우리는 다시 작업에 들어갔다. 나는 옷장 정리를 끝내고 다용도실을 정리하기 시작했다. 다용도실에는 난방 기구와 겨울 의류, 테니스 라켓과 스키 세트 같은 것들이 섞여 있었다.

소형 전기난로를 꺼내 보니, 그 안에 작은 상자가 있었다. 나무로 만든 보석함이었다. 하지만 진짜 보석을 넣기에는 조악한 상자였다. 중학교나 고등학교 미술 시간에 후유코가 직접 조각도를 이용해 만든 것 같았다.

나는 손을 뻗어 뚜껑을 열었다. 태엽이 감겨 있지 않아서 그런지, 아니면 기계가 녹슬어버려서 그런지 안에 장치된 오르골은 울리지 않았다.

대신 내 시선을 끈 것은 종이로 포장된 물건이었다. 상자 속에는 액세서리 같은 건 하나도 없고, 상자 크기와 거의 맞먹는 물건이 종이로 포장된 채 덩그마니 들어 있었다.

순간, 어떤 예감이 들었다.

"어, 그건 뭐지?"

마침 옆으로 온 언니가 내 손에 들려 있는 것을 보고 물었다.

"기름종이 같네. 뭘 그렇게 꽁꽁 싸놓았지?"

"글쎄요……."

나는 조급한 마음을 억누르면서 천천히 종이 포장을 풀었다. 그 안에 든 것은 내가 찾던 바로 그 물건이었다.

"응? 그 애가 이런 걸 소중하게 생각했나?"

후유코의 언니는 태연스럽게 말했다. 나도 아무렇지 않은 척 했지만 마음속은 정반대였다.

"저기, 이거 제가 가져도 될까요?"

내 말에 언니는 가볍게 놀라움을 표시했다.

"이걸요? 좀 더 괜찮을 걸 가져가시지요?"

"아뇨. 이거면 됩니다. 괜찮을까요?"

"그건 상관없습니다만. 그래도 이런 걸……."

"괜찮습니다. 후유코도 아마 이걸 저한테 주고 싶었을 거예요."

– 2 –

8월이 막 끝나갈 즈음.

나는 나고야역에 있었다. 기차에서 막 내린 참이었다.

시계를 보고 약속 시간까지 여유가 있다는 걸 확인하고 걷기 시작했다. 여기서부터는 지하철을 타야 한다. 위에 걸려 있는 표지판을 봤더니, 신칸센 승강장에서 지하철까지는 상당히 많이 걸어야 했다.

지하철은 붐볐다. 지하철은 항상 혼잡한 것 같다. 전혀 모르는 역 이름이 스쳐 지나간다. 나는 한 손에 메모지를 든 채 안내방송에 귀를 기울였다.

목적지에 도착해 택시를 탔다. 버스도 있지만 택시가 더 빠르고 찾기도 쉽다는 이야기를 들었기 때문이다. 게다가 처음 와보는 지역에서 버스를 타는 건 좀 불안했다.

5분 정도 달린 후, 택시가 멈추었다. 꽤 가파른 언덕길을 오른 뒤였으니 상당히 높은 지대인 셈이다. 바로 옆에 산이 있고, 그 앞에 옛날 사무라이의 저택을 연상케 하는 호화 주택이 있었다. 그렇다고 낡았다는 건 아니다. 자세히 보면 정성껏 보수한 흔적이 역력했다.

바로 이 집이구나, 싶었다. 문패를 보고 내 생각이 맞았다는 걸 확인했다. 나는 심호흡을 한 번 하고 문패 밑에 있는 인터폰을 눌렀다.

"누구세요?"

꽤 나이 든 목소리였다. 전화를 받았던 사람이 아니다. 가정부일까?

내 이름을 밝히고 도쿄에서 왔다고 말했다. 잠깐 기다리라는 소리와 함께 현관문이 열렸다.

모습을 드러낸 사람은 오십 대 여성이었다. 앞치마를 하고 있어서 키가 작다는 인상을 주었다. 그녀의 안내를 받으며 저택 안으로 들어섰다.

내가 들어간 곳은 천장이 높은 응접실이었다. 오래된 소파가 놓여 있고, 그것보다 더 오랜 세월을 느끼게 하는 테이블도 있었다. 벽에는 낯선 노인의 초상화가 걸려 있었다. 아마도 이 집안을 성공으로 이끈 조상일 것이다.

발끝으로 푹신한 카펫을 이리저리 문지르고 있는데, 조금 전의 가정부가 들어와 아이스커피를 놓고 갔다. 그녀는 왠지 무척 긴장한 것처럼 보였다. 어쩌면 내가 어떤 용건으로 왔는지 알고 있을지도 모른다.

분명 그들에게는 내가 중요한 손님일 것이다.

5분 정도 기다리고 있자니 응접실 문이 열렸다. 옅은 보라색 옷을 입은, 얼굴도 몸도 호리호리한 여성이 나타났다. 가정부와 연배는 비슷해 보였지만 표정과 태도는 전혀 달랐다. 그녀가 나와 통화했던 상대라는 걸 금세 알 수 있었다.

내 건너편에 앉은 부인이 무릎 위에 가지런히 손을 올려놓았다.

"제 딸은 어디 있나요?"

그것이 그녀의 첫마디였다.

"지금 당장은 말씀드릴 수 없습니다."

내가 대답했다. 부인의 눈썹이 살짝 움직인 듯했다.

"전화로 말씀드렸지만, 따님이 어떤 사건과 관련되어 있습니다."

부인은 아무 말 없이 내 얼굴을 바라보았다.

나는 말을 계속했다.

"그 사건이 해결될 때까지는, 따님이 있는 곳을 가르쳐드릴 수 없습니다."

"그 사건이라는 게 언제 해결되죠?"

나는 잠시 생각한 후 대답했다.

"곧 끝날 거예요. 하지만 그러기 위해서는 따님에 대해 조금 가르쳐주셨으면 합니다."

부인은 한동안 침묵을 지키고 있다가 이내 무언가를 떠올린 듯한 표정을 지었다.

"딸에 사진은 가져왔나요? 전화로 부탁드렸을 텐데요."

"가지고 왔습니다. 그다지 잘 찍지는 못했습니다만."

나는 핸드백에서 사진을 꺼내 부인 앞에 놓았다. 그 사진을 손으로 집는 순간, 노부인은 숨을 멈추었다. 그리고 고개를 한 번 크게 끄덕이고는 사진을 테이블에 내려놓았다.

"맞는 것 같군요."

그녀가 말했다.

"제 딸이 틀림없습니다. 조금 마른 것 같네요."

"고생이 많았던 것 같습니다."

내가 말했다.

"한 가지 여쭙고 싶은 게 있습니다만……."

부인은 정중한 말투로 입을 열었다. 나는 그녀의 얼굴을 바라보았다.

"당신이 말하는 사건이라는 게 뭐죠? 잘 이해가 되지 않아서요."

나는 고개를 숙였다. 어떻게 설명해야 할까 망설였다. 하지만 이런 질문을 하리라는 걸 예상 못했던 것은 아니다. 그리고 그걸 대비해 대답도 준비해두었다.

나는 고개를 들었다. 부인과 눈이 마주쳤지만 피하지 않았다.

"실은……, 살인사건이에요."

"……."

"따님이 살인사건과 관련되어 있습니다."

그리고 다시 조금 시간이 흘렀다.

– **3** –

나고야에서 신칸센을 타고 도쿄 역에 도착하니, 저녁 9시가 조금 넘은 시각이었다.

나는 조금이라도 빨리 집으로 돌아가고 싶었다. 하지만 그럴 수가 없었다. 나고야에서 전화를 걸어, 오늘 밤 어떤 사람과 만나기로 약속을 했기 때문이다.

약속한 시간은 10시였다.

도쿄역 근처에 있는 카페에 들어가 커피와 함께 뻑뻑한 샌

드위치를 먹으며 시간을 보냈다. 그리고 이제까지의 일들을 정리했다.

나는 거의 진상에 가까운 사실을 알아냈다고 확신했다. 물론 모든 걸 해결한 것은 아니다. 오히려 가장 중요한 부분이 빠져 있었다. 나는 그게 추리로 풀 수 있는 성질의 것이 아니라는 걸 깨달았다. 추리에는 한계가 있다. 게다가 나는 특별한 인간이 아니다.

커피를 한 잔 더 청하고, 바깥 풍경을 잠깐 바라보다 자리에서 일어섰다. 밤이 이슥해지면서 말로 표현하기 힘든 슬픔이 찾아왔다.

야마모리 스포츠플라자에 도착한 것은 밤 10시가 되기 조금 전이었다. 건물을 올려다보니 거의 대부분의 창에 불이 꺼져 있었다. 불이 켜져 있는 곳은 2층 일부. 아마 헬스장 쪽일 게 분명했다.

빌딩 앞에서 오륙 분 정도 기다리니 10시 정각이 되었다. 정면 현관 옆 '종업원 출입구'라고 적힌 유리문을 밀고 안으로 들어갔다. 1층에는 비상등 하나만 켜져 있었다. 엘리베이터도 사용이 가능할 것 같았지만 나는 계단을 선택했다.

헬스장은 텅 비어 있었다. 다양한 운동 기구가 사용하는 이 하나 없이 덩그마니 놓여 있는 모습이 마치 공장을 연상시켰다. 실제로 공장하고 큰 차이가 없을지도 모른다는 엉뚱한 생각이 머릿속을 채웠다.

내가 만나기로 한 상대는 창가 의자에 앉아 문고판 책을 읽고 있었다. 내가 다가가자 인기척을 느꼈는지 고개를 들었다.

"어서 오세요."

그녀가 말했다. 평소와 마찬가지로 화사한 미소가 입가에 번졌다.

"안녕하세요, 시즈코 씨?"

내가 말했다.

"아니……, 후루사와 야스코라고 해야 되나요?"

순간 그녀의 미소가 사라졌다. 하지만 그야말로 순간이었을 뿐, 이내 미소 가득한 표정으로 고개를 흔들었다.

"아뇨. 하루무라 시즈코라고 부르세요."

시즈코가 말했다.

"이게 제 본명이라……, 알고 계시죠?"

"예."

"그럼……."

그렇게 말하면서 그녀가 의자를 권했다. 나는 의자에 앉았다.

"오늘 나고야에 다녀왔어요."

내 말에 그녀는 눈을 내리깔고 책장 넘기는 시늉을 했다.

"그럴지도 모른다고 생각했어요. 오늘 전화하셨을 때부터요."

"왜요?"

"글쎄요······. 왠지 그냥."

"그렇군요."

나 역시 시선을 떨어뜨렸다. 무엇을 어떻게 시작해야 할지 몰랐다.

"그런데······ 어떻게 저희 집을?"

그녀의 질문 덕에 살았다는 느낌이 들었다.

"당신에 대해 조사했어요."

내가 말했다. 고개를 들어보니, 그녀의 표정엔 더 이상 미소가 남아 있지 않았다.

"하지만 쉽게 알아낸 건 아니에요. 주민등록도 없더군요."

"예. 서류상으로는 아직도 나고야 집에 사는 걸로 되어 있으니까요."

"그런 것 같더군요. 게다가 대놓고 당신에 대해 조사할 수가 없어서 아주 고생이 많았습니다."

"그러셨겠네요."

그녀가 조용히 말했다.

"그래서 가네이 사부로 씨부터 시작했지요. 그분 이력을 조사하는 건 의외로 간단했어요. 호적을 조사해 고향 집에 찾아갔지요. 거기서 학생 때 친구 이름 몇을 얻어 들었고, 그 사람들을 만나봤습니다. 제가 물어본 건 단 한 가지였어요. 후루사와 야스코나 하루무라 시즈코라는 이름을 들어본 적이 있느냐. 이건 제 육감이었습니다만, 두 분이 학창시절 때부터 사귀었을 거라고 생각했습니다."

"그래서, 제 이름을 기억하는 사람이 있던가요?"

"한 사람 있었습니다. 가네이 씨하고 세미나를 함께했던 분. 그분 말로는 4학년 대학 축제 때 가네이 씨가 여자 친구를 데려왔고, 소개를 받았을 때 '하루무라흥산'이라는 기업 사장 딸이라고 해서 놀랐다고 하더군요."

"……그렇게 해서 저희 집을 알아내신 거군요."

"솔직히 그때는 행운이라고 생각했습니다. 당신에 대해 아는 사람이 있더라도 집까지는 모를 거라고 생각했거든요. 하지만 하루무라흥산의 사장 댁이니, 전화 한 통이면 충분하니까요."

"그래서 집으로 전화를 하셨나요?"

"예."

"어머니가 놀라셨겠군요."

"……그렇죠."

그랬다. 하루무라 사장 부인은 놀라움을 감추지 못했다. 따님에 대해 할 이야기가 있다고 하자 시즈코는 지금 어디 있느냐며 나무라는 말투로 대뜸 질문부터 던졌다.

— 역시 따님이 가출 중인가 보군요?

부인의 질문에 나는 이렇게 되물었다. 이 질문에 대한 대답은 얻을 수 없었다. 대신 부인은 예의 그 나무라는 투로 말했다.

— 당신은 도대체 누구죠? 시즈코가 있는 곳을 알고 있다면 빨리 가르쳐주세요.

— 그럴 만한 이유가 있어서 지금은 가르쳐드릴 수 없습니다. 하지만 반드시 알려드릴 테니, 먼저 따님이 왜 집을 나갔는지 말씀해주시지 않겠습니까?

— 그런 걸 한 번도 본 적 없는 당신한테 말해줄 리가 없잖아요? 게다가 당신이 정말로 시즈코가 있는 곳을 안다는 증거도 없는데.

시즈코 씨 어머니는 상당히 회의적인 것 같았다. 물러서지 않고 내가 말했다.

— 실은, 시즈코 씨가 어떤 사건하고 관련이 되어 있습니다. 그것을 해결하려면 시즈코 씨에 대해 알아야 합니다.

아무래도 '사건'이라는 뉘앙스가 꽤 효과적이었던 듯싶다. 이번에도 거절당할 거라고 생각했는데, 부인은 직접 만나 이야기하는 걸 조건으로 승낙했다.

"그래서, 오늘 나고야에 다녀오신 건가요?"

시즈코의 질문에 나는 선선히 고개를 끄덕였다.

"어머니에게 내가 왜 집을 나왔는지 물어봤어요?"

"그래요."

이번에는 시즈코가 고개를 끄덕였다.

― 재작년부터 작년까지 미국으로 유학을 보냈지요. 외국 생활에 익숙해지도록 하기 위해서요.

부인은 담담하게 말을 꺼냈다.

― 실은 모 보험회사 사장 조카와 혼담이 추진되고 있었죠. 그 사람이 장차 뉴욕 지사로 가게 돼서 시즈코를 경험 삼아 보냈던 겁니다.

― 하지만 시즈코 씨는 그런 전후 사정을 몰랐고, 따로 좋아하는 사람이 있었던 거군요?

내 말에 부인은 고통스러운 표정을 지었다.

― 좀 더 이야기를 나눴어야 했는데, 남편이나 딸이나 서로 상대방 말은 들으려 하지 않았습니다. 그래서 결국 시즈코가 집을 나가고 말았죠.

― 찾아는 보셨나요?

― 찾았지요. 하지만 세간의 눈 때문에 경찰에 신고할 수는 없었습니다. 지금도 그 아이는 해외에 가 있는 걸로 되어 있어요.

"당신을 데리고 나온 분이 가네이 사부로 씨인가요?"

내가 묻자 시즈코가 대답했다.

"그래요."

"그리고 둘이 도쿄로 왔군요. 뾰족한 거처도 없이."

"아뇨. 거처는 정해져 있었어요."

그녀는 느린 동작으로 책을 덮었다 펼쳤다 반복했다.

"제가 미국에 있는 동안 거기서 알게 된 일본 사람이 도쿄로 오셨거든요. 그분을 찾아뵙기로 했죠."

"그 일본 사람이 다케모토 유키히로 씨."

"……그렇습니다."

책을 쥔 그녀가 손에 힘을 주는 듯했다.

"다케모토 씨가 야마모리 사장님께 사부로 씨를 소개해주셨어요. 그래서 여기서 일을 하게 됐죠. 작년 초의 일이에요."

"그 당시 당신은 아직 여기서 일하지 않았죠?"

"예."

"사는 곳은 어디였나요?"

"그것도 다케모토 씨한테 신세를 졌죠. 그분의 지인이 해외에 나가 계셔서 방을 빌려 썼습니다."

"혹시 그 방의 주인이……."

"예."

시즈코는 대답하고 눈을 지그시 감았다.

"후루사와 야스코예요. 신분 증명을 제대로 할 수 없던 때라 후루사와 씨가 놓고 간 보험증을 썼죠. 그래서 사고를 당해 경찰 조사를 받을 때 그분 이름을 쓴 거고요. 본명을 대면 집에서 알게 될 것 같아서……"

역시 생각한 대로였다.

"요트 여행에 참가한 것은 사부로 씨가 권해서였나요?"

"그렇습니다. 도쿄에 온 후 계속 집에만 틀어박혀 있어서 조금 우울했어요. 그러던 중 사부로 씨가 기분전환을 하자며 여행을 권했어요. 게다가 다케모토 씨도 같이 간다고 해서 마음이 놓였습니다."

"역시 그랬군요. 그렇게 배우들이 갖춰지고, 사고가 일어났던 거군요."

그녀는 잠자코 자기 손을 내려다봤다. 나는 시선을 들었다. 나방 한 마리가 형광등 주변을 날고 있었다.

"말씀해주셨으면 하는 게 하나 있습니다."

마침내 그녀가 입을 열었다.

"왜 내가 수상하다고 생각했죠?"

나는 그녀를 바라보았다. 그녀도 내 눈을 똑바로 쳐다보았다. 그렇게 긴 시간이 지나갔다.

"말하는 순서가 바뀌었네요."

마침내 나는 한숨을 내뱉었다.

"좀 더 빨리 결론을 이야기해야 했는데……. 하지만 전 두려웠어요."

그녀가 살짝 미소를 짓는 것 같았다.

나는 계속 말했다.

"범인은…… 후유코였죠?"

무거운 침묵이 찾아왔다. 숨이 막혔다.

"가와즈 씨도, 니자토 씨도, 사카가미 씨도 모두 후유코가 죽인 거죠?"

나는 다시 확인했다. 어디선가 슬픔이 솟아올라 귓불까지 뜨거워졌다.

"그렇습니다."

시즈코가 조용히 대답했다.

"그리고 그분을 우리가 죽였습니다."

– 4 –

"사건 해결의 열쇠가 된 건 유미가 해준 말이었어요."

나는 Y섬에서 돌아오는 길에 유미로부터 들은 이야기를 꺼냈다. 즉, 시즈코가 나간 후 현관문이 두 번 열렸다는 이야기였다.

"그런 일이 있었군요?"

시즈코는 의외라는 듯, 그리고 왠지 포기한 것 같은 눈빛을 보였다.

"유미는 보지 못하니까 눈치채지 못할 거라고 생각했는

데……. 역시 그런 일은 어딘가에서 구멍이 나게 마련이군요."

"당신 뒤를 따라 누가 숙소를 나갔을까, 그걸 생각해봤어요. 유미 말로는, 첫 번째는 느끼지 못했지만 두 번째는 문이 열릴 때 담배 냄새가 났다고 했어요. 즉, 처음 나간 사람은 담배를 안 피우는 사람이고, 두 번째는 담배를 피우는 사람이라는 뜻이죠. 우선 담배 피우는 사람을 보면 야마모리 사장, 이시쿠라 씨, 가네이 씨가 해당되죠. 이중에서 야마모리 사장과 이시쿠라 씨는 마작 룸에 있었다는 게 분명하기 때문에 제외할 수 있었어요. 결국 가네이 씨만 남게 되었죠."

시즈코는 입을 다물고 있었다. 그 침묵을 나는 긍정으로 해석했다.

"문제는 안 피우는 사람이었어요. 사람들은 모두 누군가와 함께 있어서 그럴 틈이 없었죠. 그렇다면 누군가가 거짓말을 했다는 뜻이죠. 그래서 모든 사람의 말을 하나씩 체크해봤어요. 그런데 그중 딱 한 사람의 증언이 마음에 걸리더군요. 진실이라고 믿을 수밖에 없는 증언."

시즈코는 변함없이 입을 다물고 있었다. 앞으로의 이야기를 가늠하듯 내 얼굴에 시선을 고정시킨 채였다.

"그 증언은 바로 저 자신의 것이었어요."

나는 지그시 어금니를 깨물며 말했다.

"후유코와 함께 잠자리에 든 건 10시 무렵이었어요. 나는 이걸 믿었죠. 하지만 사실 믿을 만한 근거는 어디에도 없었어요. 확실한 건 침대에 누웠을 때, 자명종이 10시를 가리키고 있는 걸 봤다는 사실뿐이죠."

시즈코는 내 말의 의미를 생각하는 것처럼 보였다. 그러다 이내 무언가를 깨달은 듯 숨을 멈췄다.

"후유코 씨가 자명종에 손을 댔다는 건가요?"

나는 가만히 고개만 끄덕였다.

"그럴 가능성이 있다는 걸 깨달았죠. 저는 보통 손목시계를 차지 않기 때문에 시간을 알 수 있는 방법은 방에 놓인 자명종 외에는 없었어요. 그러니 시계를 조금 늦추거나 반대로 당겨놓기만 해도 간단하게 내 시간 개념을 바꿔놓을 수 있었던 거죠. 더욱이 후유코가 시계에 손을 댈 틈은 굉장히 많았어요. 후유코가 방으로 돌아왔을 때 저는 샤워 중이었고, 그 뒤에도 이번 사건을 정리하느라 시간이 얼마나 지났는지 잊고 있었거든요. 그동안 후유코가 시계를 30분 정도 당겨놓았다면, 제가 침대에 들어간 것은 10시가 아니고 9시 30분 정도가 되는 거죠."

거기엔 짐작 가는 바가 있었다. 평소 불규칙적인 생활을 하는 내가 유독 그날만은 졸음이 마구 쏟아져 아주 이른 시간에 잠자리에 들었던 것이다. 그 전에 후유코가 오렌지 주스를 내게 건네주었다. 아마 그 주스엔 수면제가 들어 있었을 것이다.

 나는 이 대목에서 한숨을 쉬고 침을 삼킨 다음 말을 이었다.

 "그래도 문제는 남아 있었죠. 시계가 9시 40분을 가리킬 때, 후유코는 창밖을 보며 시즈코 씨가 나갔다고 말했어요. 만약 시계를 30분 정도 당겨놓았다면, 실제 시간은 9시 10분인 거죠. 하지만 당신이 숙소를 나간 것은 진짜 9시 40분이니까, 거기에서 모순이 생기더군요. 그 모순을 해결해주는 건 하나밖에 없었어요. 즉, 그 시각에 당신이 숙소 밖으로 나갈 거라는 사실을 후유코가 알고 있었다는 이야기죠. 그럼 어떻게 그 사실을 알았을까요? 또 왜 시계에 손을 댔을까요? 시계를 고쳐놓는 건 오래된 탐정소설에나 나올 법한 알리바이 조작 방법이죠. 그렇다면 후유코한테 그런 알리바이 조작을 할 필요가 있었다는 말이 되죠."

 시즈코는 아무 말도 하지 않았다. 진상을 알고 있다는 뜻이다.

 "여기서 생각할 수 있는 것 역시 하나죠. 후유코는 9시 40분쯤 숙소 밖에서 당신과 만나기로 약속을 했던 거예요. 그리고 당신을 죽일 계획이었죠. 시계를 고친 것은 조금 전 이야기한 것처럼 알리바이 조작에 필요했던 거고요."

 나는 후유코의 계획을 추리해보았다.

 후유코는 홀에서 놀다가 시즈코에게 은밀히 속삭였다. 할 말이 있으니 9시 40분쯤 숙소 뒤에서 기다리겠다. 아마 그런 이야기였을 것이다.

약속을 잡은 후유코는 서둘러 방으로 돌아와 시계를 고쳐 놓았다. 내가 없는 틈을 타 30분 정도 당겨놓은 것이다. 그리고 시계가 9시 40분을 가리킬 때, 창밖에서 시즈코의 모습을 봤다고 말한다. 그런 다음 수면제를 탄 주스를 내게 마시게 한다. 시계가 10시를 가리켰을 때—실제로는 9시 30분—잠자리에 든다. 나는 곧 잠에 빠진다.

후유코는 침대를 빠져나와 시곗바늘을 원래대로 돌려놓고, 다른 사람에게 들키지 않도록 조심하면서 숙소를 나간다. 로비에는 유미 혼자 있기 때문에 괜찮을 거라고 생각했을 것이다.

시즈코를 죽인 뒤, 다시 몰래 방으로 돌아온다. 그리고 나를 깨워 10시 이후의 알리바이를 만든다. 나는 실제로는 30분 이상 잤지만, 조금밖에 못 잤다고 착각했을 것이다.

그리고 시즈코의 시체가 발견된다. 아마 그 이후의 상황은 실제와 비슷했을 것이다. 모든 사람의 알리바이가 완벽했으니 말이다. 후유코는 쭉 나와 함께 있었다고 말했을 테고, 나는 그 사실을 증언했을 것이다.

9시 40분에 시즈코가 숙소를 나간 걸 본 사람이 있다면 상황은 더욱 유리해진다. 후유코도 그걸 봤고, 따라서 시계에 아무 문제가 없었다는 걸 증명할 수 있을 테니 말이다.

만약 그 계획이 성공했다면, 나는 지금도 의문의 소용돌이 속에 있을지 모른다.

"하지만 후유코의 계획은 실패했죠."

내가 말했다.

"당신과 후유코가 만난다는 것을 안 가네이 씨가 약속 장소로 갔던 거죠. 그리고 후유코가 당신을 죽이려 할 때, 반대로 그녀를 절벽 밑으로 밀어버린 겁니다."

"말씀하신 대로예요."

시즈코가 대답했다.

"하지만 시계에 관해서는 전혀 몰랐어요. 우리도 사실 하기오 씨가 10시까지 방에 있었다는 당신의 증언을 듣고 놀랐으니까요. 그리고…… 그분이 나를 죽이려고 했던 것도 사실이에요."

예상한 대답이었지만, 그래도 역시 발밑이 꺼지는 절망감이 엄습했다.

마음속으로는 시즈코가 내 이야기를 부정해주길 바랐던 모양이다. 하지만 그 희미한 기대도 모두 사라졌다.

"그럼, 왜 그런 일이 생겼는지 이야기해보죠."

나는 필사적으로 마음을 진정하려고 애쓰며 입을 뗐다.

"후유코는…… 다케모토 유키히로 씨의 애인이었습니다."

"……."

"알고 있었군요."

나는 핸드백에서 종이로 싼 꾸러미를 꺼냈다. 얼마 전 후유코의 방을 치우다 발견한 것이다. 포장을 풀고 내용물을 시즈코에게 보여줬다.

"기억나요?"

내가 물었다. 시즈코는 고개를 저었다.

"다케모토 유키히로 씨가 지난해 여행 때 몸에 지니고 있던 겁니다. 유일하게 회수된 유품이죠. 다케모토 씨 방에 있던 것을 후유코가 몰래 가져갔지요."

시즈코의 눈이 휘둥그레졌다.

그것은 녹슨 등산용 술병이었다.

- **5** -

"말씀해주세요. 무인도에서 무슨 일이 있었는지. 그걸 알지 못하면 한 발짝도 물러날 수 없어요."

내 말에 시즈코는 책을 옆에 놓고 손을 비볐다. 그녀는 눈에 띄게 망설이고 있었다.

"제가 알고 있는 건 이래요. 배가 사고를 당해 전원이 근처 섬에 도착했다, 하지만 남자 한 명만 섬에 도착하지 못했다,

그 남자를 '그이'라고 부르는 여자가 모든 사람에게 도와달라고 애걸했지만 그 요구를 들어준 사람은 없었다. 유미에게 들은 말은 여기까지예요."

내가 말했지만 그녀의 표정에 두드러진 변화는 없었다.

"나는 그 여자가 죽은 남자의 복수를 위해 사람들을 죽이는 거라고 생각했어요. 하지만 실은 그런 단순한 구조가 아닌 거죠?"

"예."

드디어 시즈코가 입을 열었다.

"그런 단순한 이야기가 아니에요."

"상상이 안 가요. 하지만 저한텐 중요한 열쇠가 있어요. 다케모토 씨 본인이 남긴 거죠."

들고 있던 술병 뚜껑을 열고 뒤집은 다음 가볍게 흔들었다. 안에서 가늘고 긴 종이 두루마리가 나왔다. 그것을 펼치자 깨알 같은 글씨가 적혀 있었다. 물에 번지긴 했지만 읽을 수는 있었다.

술병을 발견했을 때도 충격을 받았지만, 이 두루마리를 봤을 때의 충격은 더 컸다.

"읽어보니 사고 당시를 기록한 메모더군요. 아마 돌아와 기사로 쓸 작정이었겠죠. 술병에 넣은 건 젖지 않도록 하기 위해서였을 테고. 메모 중에서 가장 중요한 부분이 여기예요.

'야마모리, 마사에, 유미, 무라야마, 사카가미, 가와즈, 니자토, 이시쿠라, 하루무라, 다케모토가 무인도에 도착하다. 가네이가 뒤쳐졌다.' 이 메모에 따르면 무인도에 도착 못한 건 다케모토 씨가 아니라 가네이 씨예요. 그를 도와주라고 외친 건 시즈코 씨였겠죠. 나는 이 메모를 보고서야 후루사와 야스코라는 여자는 여행에 동행하지 않았다는 걸 알았죠."

"그래서 저에 대해 조사를 하신 거군요."

그녀의 물음에 순순히 머리를 끄덕였다.

"실제로 사경을 헤맨 사람은 가네이 씨고 하루무라 씨가 모두에게 도와달라고 요구했다, 하지만 아무도 움직이지 않았다……. 그런데 일이 어떻게 진행되었기에 다케모토 씨가 죽는 결과를 초래했는지 궁금했어요. 그래서 당신 과거를 캐기 시작했죠. 하지만 결국 아무것도 알아낼 수 없었어요. 사랑을 위해 집을 나왔다는 것밖에."

"……그래요."

그녀가 기어들어가는 목소리로 말했다.

"하지만 나름대로 상상을 해봤어요. 그날 무인도에서 무슨 일이 있었는지. 그 '무엇' 때문에 가네이 씨 대신 다케모토 씨가 죽었고, 그 '무엇'에 관계자 전원이 연루되어 모든 걸 감추려고 한다는 걸 고려하면, 이런 상상이 가능하죠."

나는 그녀의 눈을 정면으로 바라보며 말했다.

"아무도 움직이지 않는 동안 다케모토 씨가 가네이 씨를 도우러 갔어요. 그리고 무사히 가네이 씨를 구출한 다음 다케모토 씨는 방관만 한 다른 사람들을 비난했어요. 이 사실을 글로 써서 발표하겠다, 뭐 그런 말을 하지 않았을까요? 그래서 결국 누군가와 싸우게 됐고……. 그 누군가가 다케모토 씨를 죽인 거죠."

창백해진 시즈코의 입술이 가늘게 떨리고 있었다. 나는 흥분을 억누르면서 말을 이었다.

"그 자리에 있던 모든 사람이 사실을 숨기기로 했죠. 당신 입장에서 보면, 다케모토 씨는 은인이지만 신세를 지고 있는 야마모리 사장의 명령을 저버릴 순 없었겠죠. 제 말이 틀렸나요?"

시즈코는 조용히 한숨을 쉬었다. 그리고 몇 차례 눈을 깜빡인 후 손으로 두 볼을 감쌌다. 뭔가 갈등하고 있는 게 분명했다.

"어쩔 수 없네요."

갑자기 등 뒤에서 목소리가 들렸다. 돌아보니 가네이 사부로가 느린 걸음으로 다가오고 있었다.

"어쩔 수 없네."

그가 다시 한 번 말했다. 이번엔 시즈코에게 한 말이었다.

"사부로 씨……."

가네이 사부로는 시즈코 옆으로 가 그녀의 어깨를 가만히 감싸 안았다. 그리고 고개만 내게 돌렸다.

"모든 걸 말하겠습니다."

"사부로 씨."

"괜찮아. 이분이라면 괜찮아."

그는 여전히 나를 바라본 채 시즈코의 어깨를 감싼 손에 힘을 주었다.

"말씀드리겠습니다. 당신 추리는 훌륭하지만, 틀린 부분도 많군요."

그의 지적에 나는 말없이 자세를 고쳤다.

"사실 발단은 아주 유치한 일로 시작됐죠."

그는 먼저 이렇게 전제한 후 말을 계속했다.

"배에서 탈출할 때, 저는 어딘가에 머리를 강하게 부딪쳤던 것 같습니다. 그래서 그대로 정신을 잃었죠."

"정신을 잃어요? 바다에서?"

"예. 하지만 구명조끼를 입은 덕에 나뭇잎처럼 떠 있었던 모양입니다. 그래도 정신을 잃은 동안 물을 먹고 말았죠."

그런 이야기를 들은 적이 있다.

"저를 뺀 다른 사람들은 모두 무인도에 도착했죠. 시즈코는 그제야 제가 없다는 걸 깨달았다고 합니다. 황급히 바다를 둘러보니, 나처럼 보이는 물체가 파도에 떠밀리며 바다에 떠 있었다더군요."

"정말 많이 놀랐어요."

시즈코는 새삼 그때의 충격이 밀려오는 모양이었다. 사부로의 품안에서 떨고 있었다.

"저는 급히 사람들에게 소리쳤어요. 그를 도와달라고."

수긍이 갔다. 그때 유미가 그 소리를 들었던 것이다.

"하지만 아무도 도와주지 않았군요?"

유미의 말을 떠올리면서 내가 말했다. 시즈코는 잠시 생각한 뒤 말했다.

"파도가 높고 악천후여서 아무도 일어설 엄두를 내지 못했어요. 저도 바다에 뛰어들 용기는 없었고요."

"만약 제가 반대 입장이었어도 정면으로 부딪쳤을지는 자신이 없습니다."

가네이 사부로가 무겁게 입을 열었다.

나 역시 어려운 문제라고 생각했다. 쉽게 답을 찾을 수 없는 물음이었다.

"절망적인 순간에 나서겠다고 일어선 사람이 있었어요. 바로 당신이 말한 대로 다케모토 씨였죠."

역시 그랬군. 유미는 이런 상황이 일어날 때 정신을 잃고 있었을 것이다.

"하지만 다케모토 씨는 단순한 정의감만으로 바다에 뛰어든 게 아니었어요. 목숨을 거는 대신 대가가 필요하다고 했어요."

"대가?"

"시즈코의 몸이었습니다."

대답한 건 가네이 사부로였다.

"그는 미국에 있을 때부터 시즈코에게 호의를 품었던 것 같습니다. 그건 저도 막연하게나마 느끼고 있었죠. 하지만 그는 억지로 손을 대는 사람은 아니었습니다. 애인도 있었고……. 그런데 급박한 상황에서 그런 조건을 내세웠던 겁니다."

나는 시즈코를 봤다.

"그래서 어떻게 됐나요?"

"제가 대답하기도 전에 가와즈 씨가 나섰어요. 이런 상황에서 대가를 요구하다니, 그러고도 네가 인간이냐……. 그러자 다케모토 씨는 네가 내 심정을 아느냐, 아무것도 하지 않는 자가 무슨 할 말이 있느냐고 대답했어요. 그래서 가와즈 씨는 다른 사람들에게 사부로 씨를 도우러 가달라고 부탁했어요. 정작 자신은 발을 다쳐 갈 수 없었거든요……."

"하지만 아무도 그의 부탁을 들어주지 않았군요."

"예."

시즈코가 맥 빠진 목소리로 말했다.

"모두 시선을 피했어요. 자기는 발을 다쳐 못 가니까 저런 소리를 한다고 말하는 사람도 있었죠."

"그래서 결국 당신은 다케모토 씨의 조건을 수락했나요?"

그녀는 대답 대신 눈을 감아버렸다.

"어쨌든 살려내는 게 급선무였으니까요."

"그래서 다케모토 씨는 바다로 뛰어들었고, 멋지게 가네이 씨를 구해⋯⋯."

"맞습니다."

가네이 사부로가 말했다.

"정신을 차렸을 때 저는 땅 위에 누워 있었습니다. 저는 왜 제가 그곳에 있는지도 미처 몰랐습니다. 분명한 건 살아났다는 것뿐이었죠. 주위를 둘러보니 다른 사람들도 누워 있더군요. 저는 시즈코의 행방을 물었습니다. 처음에는 모두 입을 다물고 가르쳐주지 않았습니다. 그런데 가와즈 씨가 다케모토 씨와 시즈코의 거래에 대해 말해줬습니다. 그리고 다케모토 씨에게 포기하라고 설득하는 게 어떻겠냐고 말하더군요. 그래서 황급히 두 사람을 찾아 나섰죠. 그리고 조금 떨어진 바위 뒤에서 그 사람과 시즈코를 발견했습니다. 다케모토 씨가 시즈코의 어깨를 잡고 덮치려는 것 같았어요."

옆에서 듣고 있던 시즈코의 눈에서 눈물이 흘러 넘쳤다. 눈물이 하얀 뺨을 타고 그녀의 손바닥 위로 떨어졌다.

"⋯⋯덮치려는 게 아니었어요."

그녀가 가냘픈 목소리로 말했다.

"그때 다케모토 씨는 사부로 씨가 정신을 차리기 전에 만날 약속을 잡자고 했어요. 하지만 저는 그때 이미 마음을 바꿨어요. 그래서 돈이라면 얼마든지 드릴 테니 조금 전 했던 약속은 잊어달라고 했죠. 하지만…… 그는 받아들이지 않았어요. 약속하지 않았느냐고, 단 하룻밤이면 된다고, 다시는 네 앞에 나타나지 않겠다고, 제 어깨를 잡은 채 말하던 중이었어요."

여기까지 말하고 그녀는 애인에게 시선을 돌렸다. 가네이 사부로는 괴로움을 참는 표정을 짓다 마침내 크게 한숨을 쉬고 말했다.

"하지만 저한테는 그가 시즈코를 덮치는 것처럼 보였죠. 가와즈 씨로부터 그런 이야기를 막 들은 참이라……. 그래서 그만두라고 외치며 있는 힘껏 그를 잡아챘습니다. 그런데 그만 그가 몸의 균형을 잃고…… 근처 바위에 머리를 부딪쳐 정신을 잃고 말았습니다."

가네이 사부로는 당시 상황이 떠올랐는지 시선을 자기 두 손으로 떨어뜨렸다.

"한동안 그렇게…… 멍하니 그를 내려다보고 있었습니다. 시즈코도 아차 하는 순간에 일어난 일이라 상황을 파악 못한 듯 망연자실 서 있었지요."

불가항력이었을 거라는 생각이 들었다.

"상황을 파악한 것은 어느새 우리 옆으로 온 야마모리 사장님이 다케모토 씨의 맥을 짚은 후 고개를 흔들었을 때였죠. 나와 시즈코는 통곡을 했죠. 울부짖어 봤지만 어찌할 방도가 없었습니다. 그래서 자수를 결심했을 때, 사장님이 말씀하셨어요."

"자수를 말렸나요?"

이를 악문 표정으로 그는 고개를 끄덕였다.

"다케모토는 비열한 남자라고 했습니다. 약점을 이용해 육체를 요구한 저질이라고. 네가 한 일은 애인을 지키기 위한 행위니까 자수할 필요 없다고."

"그리고 야마모리 사장이 시체를 처리하자고 제안했겠군요?"

"맞아요."

그가 말하자 시즈코도 고개를 깊이 숙였다.

"사장님은 다른 사람들의 동의를 구했어요. 다케모토 씨의 비열함과 제 행위의 정당성을 주장하면서."

"그 결과 모두가 사장의 말에 동의했나요?"

"예. 모두 저마다 다케모토 씨를 비난했죠. 오직 한 사람, 가와즈 씨만은 시즈코의 순결을 지키기 위해 저지른 정당방위로 경찰에 신고하면 안 되겠냐고 제안했습니다. 하지만 다른 사람들에 의해 무시당했죠."

당시의 상황이 손에 잡힐 듯 그려졌다.

사건이 만천하에 드러나면 당연히 가네이 사부로가 사경을 헤맸다는 사실도 알려질 것이다. 그러면 다케모토를 뺀 모든 사람이 도와주러 가지 않았다는 것도 알려지게 된다. 도대체 다른 사람들은 무슨 일을 했냐는 세간의 비난이 쏟아질 게 틀림없었다.

즉, 이것은 암묵적인 거래였다. 가네이 사부로를 구하지 않은 것을 은폐하기 위한 대가로 가네이가 다케모토를 죽인 걸 은폐한 것이다.

"그래서 우리는 다케모토 씨의 시체를 처리하기로 했죠. 처리라고는 해도, 별로 특별한 건 없었습니다. 그냥 바다에 쓸려가게 내버려둔 거죠. 시체가 발견되지 않으면 가장 좋겠지만, 혹시 발견되더라도 그 주변엔 바위가 많기 때문에 헤엄을 치다 파도에 휩쓸려 머리를 부딪친 것으로 여길 거라고 생각했죠."

사건은 그들의 의도대로 진행되는 듯했다. 하지만 한 가지 변수가 생겼다. 그의 등산용 술병이 파도에 휩쓸려가지 않았던 것이다.

"구출된 후 해상보안부의 조사를 받을 거라 예상하고, 그때를 대비해 모두가 입을 맞춰두었겠군요?"

"맞습니다. 그래서 시즈코의 이름도 후루사와 야스코로 해 달라고 부탁했죠."

"역시 그랬군요."

"사고 후 한동안 상황을 살폈지만 우리가 한 짓이 드러난 것 같지는 않았습니다. 그래서 얼마 있다가 시즈코도 스포츠 센터에서 일을 하기 시작했고 아파트도 바꿨죠. 진짜 후루사 와 야스코도 해외에서 돌아와 어딘가로 이사했고요. 이걸로 진상은 거의 완벽하게 어둠 속에 묻혔다고 확신했습니다. 모 든 게 잘 마무리됐다고……."

확실히 모든 게 잘 마무리됐다. 그런데 뜻밖의 곳에서 구멍 이 생겼다.

"하지만 그렇지 않았죠."

"예."

가네이 사부로는 아주 낮은 목소리로 말했다.

"올 6월쯤이었죠. 가와즈 씨가 사장님을 찾아왔습니다. 여 행을 갔다 와보니, 자기 방에 누군가 침입한 것 같다고 했습 니다."

"방에?"

"예. 그리고 이게 중요한데, 자료를 훔쳐간 흔적이 있다고 했습니다."

"자료라면…… 무인도 사건에 대해 썼던 건가요?"

가네이 사부로는 고개를 끄덕였다.

"가와즈 씨는 계속 양심의 가책을 느꼈던지 언젠가는 드러내 세간의 심판을 받고 싶다고 하셨죠. 사장님은 왜 빨리 태워버리지 않았냐고 화를 내셨지만."

"그 자료를 누군가에게 도난당했다는 거군요?"

"그렇습니다."

"그렇다면 그 범인은 후유코……."

"아마도."

사건의 윤곽이 그려졌다.

야마모리 사장의 계획은 확실히 깔끔하게 진행되었다. 하지만 엉뚱한 곳에서 단서가 잡혔다. 다케모토 유키히로가 지니고 있던 술병에서 메모가 발견된 것이다. 그리고 그것을 발견한 사람은 그의 애인 하기오 후유코였다. 그녀는 죽은 애인의 방을 청소하다 그것을 발견했을 것이다.

그다음에 후유코가 어떤 생각을 했을지는 뻔하다.

후유코는 다케모토 유키히로의 메모를 통해 그의 죽음에 의문을 품게 되었을 것이다. 무인도에 도착한 그가 왜 죽어야 했을까? 그리고 왜 모든 사람이 거짓말을 하고 있을까?

그 의문에 대한 답은 하나였다.

'그의 죽음은 인위적이며 다른 사람들이 관련되어 있다.'

당연히 후유코는 진상을 규명하기 위해 이런저런 조사를

했을 것이다. 하지만 관련자들의 벽은 의외로 높고 단단했다. 그래서 그중 한 사람을 직접 만나기로 했고, 그가 바로 가와즈 마사유키였던 것이다. 출판 관계자라 그에게 접근하는 것은 어렵지 않았으리라. 그럭저럭 시간을 두고 친해진 다음 무인도 사건의 진상을 알아내려고 했던 게 아닐까?

하지만 그 사람과 친해진 것은 그녀가 아니라 나였다. 그녀 입장에서는 큰 계산 착오가 일어난 셈이지만, 그래도 상황을 최대한 활용하기로 했다. 즉, 나와 마사유키가 여행을 간 사이, 그의 방에 숨어들어간 것이다. 열쇠는 내가 늘 지니고 있었으니 슬쩍 빼내 복사하는 것쯤은 일도 아니었을 테고, 여행 일정도 쉽게 알아낼 수 있었다.

그렇게 그녀는 무인도에서의 일을 알아내고 복수하기로 결심했던 것이다.

"한참 뒤에 가와즈 씨가 또 사장님을 찾아왔습니다. 누군가 자신을 노리고 있다면서. 하지만 그냥 누군가의 목숨만 노린 게 아니었습니다. 살인이 이뤄진 다음에는 반드시 편지가 도착했거든요."

"편지?"

"예. 흰색 용지에 워드프로세서로 작성한 딱 11개 문자가 적힌 편지였죠. 편지에는 항상 '무인도로부터 살의를 담아'라고 적혀 있었습니다."

무인도로부터 살의를 담아…….

"정말 무서웠습니다."

그때의 공포를 되새기듯 가네이 사부로는 자신의 팔을 쓸어내렸다.

"누군가 우리의 비밀을 알고 있는 거였습니다. 그리고 그 사람이 우리에게 복수를 시작한 겁니다."

살의를 담아……?

그런 예고를 통해 그들에게 공포심을 심어주는 게 목적이었을 것이다.

"가와즈 씨를 살해한 방법은 그 집념을 분명히 드러낸 것이었죠."

여전히 팔을 쓸어내리면서 가네이가 말했다.

"신문기사에 따르면, 독살시킨 다음 일부러 뒷머리를 내리치고 바다에 버렸다고 했습니다. 그것은 아마도 다케모토 씨의 죽음을 연상시키기 위한 연출이었을 겁니다."

"연출……."

그 후유코가…… 언제나 차분하고 다정한 웃음을 잃지 않던 후유코가…….

하지만 전혀 상상할 수 없는 일은 아니다. 그녀는 계속 자기 내부에서 무언가를 활활 불태우고 있었던 것이다.

"물론 그 시점에서, 우리는 범인이 누군지 몰랐습니다. 그래서 제일 먼저 가와즈 씨가 남겼을지도 모르는 사고 기록을 회수하기로 했죠. 그건 일단 성공했습니다."

"당신이 제 방에 들어왔었나요?"

"저하고 사카가미 씨가 들어갔습니다. 우리도 필사적이었죠. 회수한 다음 곧바로 태워버렸습니다. 하지만 안심할 새도 없이, 이번에는 니자토 씨가 살해됐습니다."

그 뒤의 일은 나도 대충 알 수 있었다. 내가 니자토 미유키를 추궁할 경우, 만에 하나 그녀가 모든 것을 털어놓을까봐 서둘러 죽였을 것이다. 복수를 완수하기 위해서는 내가 너무 빨리 진상에 접근해가는 게 오히려 방해가 됐을 테니까.

후유코는 나와 니자토가 만날 약속을 잡아주었다. 하지만 사실은 그 전에 이미 자신이 직접 만나기로 약속을 했을 것이다.

"도대체 누가 복수를 시작한 걸까? 그걸 알아내기 위해 여러 가지 조사를 했습니다. 다케모토 씨의 동생 분도 조사했죠. 하지만 실마리를 전혀 잡지 못했습니다. 그리고 얼마 후 당신이 조금씩 진상에 다가가고 있다는 걸 알게 되었죠. 참을 수가 없어서 몇 차례 위협을 가하기도 했고요."

"방에 몰래 들어와 컴퓨터에 메시지를 남기고, 헬스장에서 바벨로 내 목을 누른 거 말인가요?"

사부로가 수염투성이인 턱을 문질렀다.

"그건 다 제가 임의로 한 짓입니다. 사장님은 그런 짓을 하면 오히려 상대를 자극하게 된다고 역정을 내셨지요."

확실히 그 두 번의 경고는 나를 분발하게 만들었다.

그리고 그 와중에 사카가미 유타카가 살해되었다. 그가 살해된 것 역시 니자토 미유키 때와 비슷했다. 즉, 그가 만나고 싶다는 전화를 걸었을 때 후유코는 아직 장소와 시간을 정하지 않았다고 했다. 하지만 사실은 이미 모든 걸 결정한 상태였다. 그 장소는 바로 리허설 무대 뒤였을 테고, 후유코는 거기서 그를 죽였다.

"사카가미 씨는 유난히 복수를 두려워했어요."

가네이 사부로가 말했다.

"그래서 사장님한테 모든 사실을 세상에 알리자고 제안했죠. 그러면 경찰의 보호를 받을 수 있을 테니까요. 그런데 이때 벌써 하기오 씨가 수상하다는 말이 나오기 시작했습니다."

"왜 그런 말이 나왔죠?"

"야마모리 사장님은 무라야마 씨를 통해 다케모토 씨의 과거를 철저하게 조사했죠. 그 결과 다케모토 씨가 가장 먼저 책을 낸 출판사의 편집자가 하기오 후유코 씨라는 걸 알아냈습니다. 우연이라고 하기엔 이상하다고 생각하는 게 당연했죠."

그것은 나의 미련함을 각인시키는 말이기도 했다. 작가 다케모토에 대한 정보는 거의 후유코에게서 얻은 것이었다. 그녀는 그중에서 가장 중요한 부분을 내게 숨겼던 것이다.

"하기오 씨의 수상한 점이 급부상되자 사장님은 거래를 생각했죠. 즉, 하기오 씨가 범인이라는 증거가 필요했던 겁니다. 그래서 사카가미 씨를 내세우기로 했죠. 그가 모든 걸 자백하겠다고 당신한테 접근하면, 하기오 씨가 반드시 사카가미 씨를 죽일 거라고 생각했죠. 실은 사카가미 씨와 하기오씨의 약속 장소에 이시쿠라 씨가 숨어 있었습니다. 하기오씨가 살의를 보이면, 곧바로 뛰어나가 거래를 제안할 계획이었죠."

"……하지만 사카가미 씨는 살해됐잖아요."

"그렇습니다. 이시쿠라 씨 말로는, 하기오 씨가 가져온 해머로 사카가미 씨의 뒷머리를 가격했답니다. 눈 깜짝할 사이에 말입니다."

"……."

입안에 침이 고였다.

"그때 이시쿠라 씨는 발을 삐끗하는 바람에 뛰어나가지 못했답니다."

"그 사람이?"

자신감에 넘치는 그의 얼굴이 떠올랐다. 발을 삐끗했다고?

"그래서 거래 장소가 Y섬으로 바뀐 겁니다."

여기까지 말한 가네이 사부로는 괴로운 듯 눈썹을 찌푸렸다. 사부로 입장에서는 여기부터가 더 이야기하기 힘든 내용일 것이다. 물론 나로서도 듣기 괴로운 이야기였다.

"나머지는 아까 당신이 말씀하신 대로이지만, 불러낸 건 하기오 씨가 아니라 시즈코였습니다. 중요한 이야기가 있으니 9시 40분쯤 숙소 뒤에서 기다리겠다고 했죠."

나는 고개를 끄덕였다. 이제 거의 모든 걸 알게 되었다.

"처음에는 저만 하기오 씨와 이야기할 생각이었어요."

시즈코가 침착하게 말했다. 조금 안정을 되찾은 것 같다.

"그다지 내키진 않았지만 거래 이야기도 했어요."

"하지만 후유코는 거래에 응하지 않았겠죠."

예, 하고 대답하는 그녀의 목소리가 아주 작았다.

"하기오 씨가 다짜고짜 저를 공격하기 시작했어요. 거래라는 말을 듣고 오히려 증오심이 더해진 것 같았어요."

나는 가네이 사부로를 쳐다봤다.

"그때 마침 당신이 나타났고, 후유코를 살해한 거군요."

"예……."

그는 울상을 지으며 두세 번 고개를 가로저었다.

"바보 같은 짓이었죠. 결국 저는 시즈코를 지키기 위해 두 명이나 죽인 겁니다. 그리고 이번에도 야마모리 사장님이 저를 감싸주었습니다."

나는 아무 말도 하지 못했다. 무슨 말을 해도 본심일 수 없다는 생각이 들었기 때문이다.

가네이 사부로는 시즈코의 어깨를 감쌌고, 시즈코는 계속 눈을 감고 있었다.

그 두 사람을 보다가 문득 후유코와 다케모토 유키히로의 관계에 생각이 미쳤다.

"그럼, 후유코는 모든 진상을 알고 있었나요?"

두 사람은 나를 보고 잠깐 틈을 둔 뒤 고개를 끄덕였다.

"그러면 다케모토 씨가 그 사건이 있던 날 시즈코 씨의 몸을 요구한 것도 알았겠군요. 후유코는 그걸 애인의 배신이라고 생각하지 않았나요?"

그러자 시즈코는 진지한 눈빛으로 말했다.

"저도 그렇게 말했죠. 자기가 아닌 다른 여자의 육체를 요구한 남자를 증오하지 않느냐고요. 하지만 그분의 대답은 달랐습니다. 누구에게나 장단점이 있다, 여자 문제가 복잡하긴 하지만 나는 정말 위험한 순간에 목숨을 걸 수 있는 그의 성격을 사랑했던 거다. 그리고 그가 요구한 건 당신의 몸이지 마음이 아니다……. 그분은 그렇게 말했어요. 그리고 정작 자신은 아무것도 하지 않고 다른 사람을 비열한 놈이라고 욕하는 자들이야말로 최악의 인간이라고 했어요."

"……."

"지금은 저도…… 그렇게 생각해요."

시즈코는 입술을 떨며 말했다.

"그때 사부로 씨를 구하기 위해서는 죽음을 각오해야만 했어요. 다케모토 씨가 자신의 목숨과 맞바꾸는 대가로 요구한 건 그저 한 여자의 몸이었어요. 그것도 성공에 대한 대가로."

아무리 그렇다 해도……. 내 안에서는 참을 수 없는 감정이 들끓고 있었다.

"후유코 씨가 저뿐만 아니라 다른 사람까지 증오한 건 단순히 다케모토 씨의 죽음을 은폐했기 때문이 아니에요."

"그것뿐이 아니라고요?"

나는 그녀를 쳐다봤다. 의외라는 느낌이 들었다.

"예. 그뿐이 아니었어요."

시즈코는 몸을 가늘게 떨며 이야기를 계속했다.

"다케모토 씨의 시체가 발견됐을 때의 정황을 아세요? 바위에 엎드린 채 매달린 모습으로 죽어 있었죠. 그래서 해상 보안부와 경찰에서는 파도에 떠밀리다 바위에 머리를 부딪쳤고, 빈사 상태에서 그 바위까지 헤엄친 것으로 파악했죠."

그녀가 무슨 말을 하려는지 알아챈 순간 등줄기에 소름이 끼치면서 온몸이 덜덜 떨렸다.

"요컨대……."

시즈코가 입을 열었다.

"다케모토 씨는 죽은 게 아니었던 거예요. 정신을 잃었을 뿐인데, 우리가 바다에 던져 정말로 죽게 만든 거죠. 가와즈 씨도 자료에서 그 사실을 언급했었죠."

그랬었구나!

그래서 후유코의 복수가 그리도 잔인했던 거구나. 그녀로 서는 애인이 두 번 죽은 것이나 마찬가지였으니까.

"그게 전부입니다."

그렇게 말하고 가네이 사부로는 시즈코를 일으켜 세웠다. 그녀는 그의 품에 얼굴을 묻고 있었다.

"어떻게 하실 겁니까?"

사부로가 물었다.

"경찰에 신고할 건가요? 우리도 각오는 하고 있습니다."

나는 고개를 흔들었다.

"더 이상 아무 일도 일어나지 않을 거예요."

그리고 두 사람의 얼굴을 바라보며 덧붙였다.

"더 이상 아무 일도 일어나지 않을 겁니다. 모든 게 부질없 는 일이니까요."

나는 일어나 걷기 시작했다. 침묵이 우리를 감쌌다. 인기척 이 없는 헬스장은 묘지처럼 보였다.

계단을 내려가려다 뒤를 돌아보며 아직도 나를 지켜보고 있는 두 사람에게 말했다.

"시즈코 씨를 집에 데려다주세요. 제가 시즈코 씨 있는 곳을 가르쳐드리기로 약속했지만, 제가 말하지 않아도 금방 알려질 테니까요."

두 사람은 서로의 얼굴을 한동안 쳐다봤다. 이윽고 가네이 사부로가 나를 향해 고개를 끄덕여 보였다.

"알겠습니다."

"그럼. 갈게요."

"예."

대답하고 그가 말했다.

"감사합니다."

나는 어깨를 으쓱해 보이며 손을 살짝 들었다.

"천만에요."

나는 어두운 계단을 내려가기 시작했다.

– 6 –

곧장 집으로 돌아갈 작정이었으나 택시를 탄 순간 마음이 바뀌었다. 운전사에게 집하고 다른 방향을 댔다.

"고급 주택가네요. 거기 사세요? 대단하네요."

얼굴이 갸름한 운전사의 말에는 어렴풋이 질투의 냄새가 배어 있었다.

"저희 집이 아니에요. 아는 사람 집입니다. 나이가 많지는 않은데 성공했죠."

"그렇군요."

운전사는 한숨을 쉬며 핸들을 잡았다.

"평범한 일을 해선 아무 소용없어요. 좋은 머리로 대담한 일을 저질러야 한다니까요."

"사람에 대해 고민하지 않고요?"

"예. 맞아요. 사람 같은 건 도구 정도로만 생각해야 되죠."

"……그렇군요."

그 뒤로는 줄곧 침묵을 지켰다. 운전사도 더 이상 말을 걸지 않았다.

차창 밖으로 네온사인이 흐르고 있었다. 그 풍경을 배경으로 후유코의 얼굴이 떠올랐다.

후유코는 나의 사건 조사를 어떤 심정으로 지켜봤을까?

아마도 불안했을 것이다. 언젠가 진상을 알게 되지 않을까 불안했을 것이다. 그러나 알아낼 리 없다는 생각이 더 강했을지도 모른다. 그리고 진상을 모르는 한 내게 협력하는 척하는 게 유리하다고 생각했을 것이다. 왜냐하면 그래야 의심받지 않고 야마모리 집안에 다가갈 수 있을 테니까.

그러면 나와 가와즈 마사유키에 대해서는 어떻게 생각했을까? 그 역시 복수에 지나지 않았을까? 친구의 애인을 죽인 걸 아무렇지도 않게 생각했을까?

아니, 아마 그렇지 않을 거야.

가와즈 마사유키가 죽은 뒤, 나와 슬픔을 함께했던 그녀의 표정은 거짓이 아니었다. 애인 잃은 친구를 걱정하는 따뜻한 눈빛이었다. 적어도 나와 함께 있는 동안, 그녀는 가와즈 마사유키를 죽인 하기오 후유코가 아니었다. 어디까지나 내 친구였다.

일단 지금은…… 그렇게 믿고 싶다.

"이 근처인가요?"

갑작스러운 질문에 정신을 차렸다. 차는 주택가로 들어서고 있었다. 나는 자세한 길을 가르쳐주었다.

야마모리 사장의 집은 전에 유미를 데려다준 적이 있어 기억하고 있다. 정면에 외제 차 네 대가 주차되어 있고, 그 옆에 문이 있었다. 문에서 보면 저택은 훨씬 안쪽에 자리 잡고 있었다.

"대단한 저택이네요."

그렇게 말하며 운전사는 잔돈을 건넸다.

택시가 떠난 후, 초인종을 눌렀다. 시간이 꽤 흐른 뒤, 여자 목소리가 들렸다. 야마모리 부인이었다. 내가 야마모리 사장을 만나고 싶다고 말했더니 상당히 날선 질문이 날아왔다.

"약속은 하셨나요?"

시간이 시간인 만큼 기분이 상한 게 당연할 것이다.

"약속은 안 했습니다."

나는 인터폰에 대고 말했다.

"하지만 제가 왔다고 하면 만나주실 겁니다."

어지간히 화가 났는지 부인은 거칠게 스위치를 꺼버렸다.

조금 기다리니 문 옆 출입구에서 찰칵, 하는 소리가 났다. 다가가 손잡이를 돌리자 문이 열렸다. 원격 조정으로 문을 열어준 모양이다.

돌이 깔린 길을 따라 현관에 도착했다. 문에는 그다지 어울리지 않는 부조가 새겨져 있고, 그 문을 열자 가운을 입은 야마모리 사장이 기다리고 있었다.

"어서 오십시오."

그가 말했다.

◆◆◆

안내를 받아 간 곳은 그의 서재였다. 벽에 늘어선 책장에는 수백 권의 책이 꽂혀 있었다. 책장이 끝난 지점에 있는 장식장에서 그가 브랜디와 잔을 꺼냈다.

"그런데 오늘 밤은 무슨 용건입니까?"

브랜디를 따른 잔을 내밀며 그가 물었다. 달콤한 향이 방 안을 가득 채웠다.

"지금까지 시즈코 씨와 함께 있다 왔습니다."

내가 운을 뗐다. 순간 그의 표정이 굳어졌다. 하지만 곧바로 자신감에 넘치는 미소를 되찾았다.

"그래요? 뭐 재미있는 이야기라도 했나요?"

"모든 이야기를 들었습니다."

나는 시원스레 밝혔다.

"섬에서 무슨 일이 있었는지, 그리고 왜 후유코가 죽었는지도."

잔을 든 채 그가 안락의자에 앉아 빈손으로 귓불을 만졌다.

"그래서?"

"그뿐입니다. 아마 두 사람은 더 이상 당신 앞에 나타나지 않을 겁니다."

"그래요? 그래도 어쩔 수 없는 일이죠."

"당신이 원하는 대로 된 거 아닙니까?"

"원하는 대로?"

"네. 아니면 두 사람이 동반자살이라도 해주는 게 최선인가요?"

"무슨 소린지 모르겠군."

"어지간히 하세요."

나는 잔을 책상 위에 내려놓고 일어섰다.

"당신은 후유코가 범인이라는 걸 안 순간부터 가네이 씨와 시즈코 씨가 그녀를 죽이게끔 하려고 생각했죠?"

"그들이 그렇게 말했소?"

"아뇨. 그들은 당신에게 속고 있어요. 그들만이 아니죠. 사카가미 유타카 씨도 속았어요."

야마모리 사장은 브랜디를 한 모금 마셨다.

"설명을 듣고 싶은데."

"설명할 생각으로 온 겁니다."

나는 바싹 마른 입술을 핥았다.

"당신은 무인도에서 생겼던 일을 당신 친족만의 비밀로 할 생각이었어요. 자신, 아내, 동생, 조카……. 그 외에 다른 사람은 방해가 될 뿐이었죠. 언제 무인도에서의 일을 말할지 모르니까요. 그런데 마침 친족이 아닌 가와즈와 니자토 씨가 살해됐어요. 그다음엔 사카가미 씨가 죽도록 놔뒀고요."

"재미있군."

"사카가미 씨를 후유코와 만나게 하고, 위험해지면 이시쿠라 씨가 도와주기로 했다고 하더군요. 하지만 처음부터 도와줄 생각이 없었던 거죠?"

그가 잔에서 뗀 입술을 일그러뜨렸다.

"골치 아프군. 도대체 어떻게 이야기해야 알아듣겠소?"

"보기 역겨운 연기는 그만두세요."

나는 함부로, 라고 할 만큼 내키는 대로 내뱉었다.

"Y섬에 간 것도 후유코를 죽이려는 게 진짜 목적이었죠? 후유코가 거래에 응할 리 없다는 걸 당신은 간파했던 거죠. 그리고 가네이 씨가 후유코를 죽여줄 거라고 예측했던 거예요."

"내게는 예지 능력 같은 게 없소."

"예지가 아니라 예측이에요. 그리고 경찰이 오면 모두가 입을 맞춰 서로의 알리바이를 입증할 계획이었죠. 그러기 위해 Y섬이라는 한적한 장소를 택한 거고요. 실제로 후유코가 알리바이를 조작하는 바람에 당신들 계획은 더 완벽해졌죠."

말을 끝낸 뒤에도 나는 야마모리 사장을 노려보았다. 그도 의자에 앉은 채 어떤 감정도 담지 않은 눈으로 나를 응시했다.

"당신 의견에는 큰 오해가 있소."

야마모리 사장이 나를 바라본 채 말했다.

"우리는 그때 우리가 취한 행동을 조금도 부끄러워하지 않소. 지금도 올바른 선택이었다고 생각하오. 분명 가네이를 도울 용기는 없었지만, 그게 인간의 도리에서 벗어난 것은 아니라고 생각하오. 알겠소? 그 경우 최선의 선택은 불가능했단 말이지. 때문에 우리는 차선을 택했고, 따라서 그걸 부끄러워할 필요는 없는 거요. 다케모토라는 인간이야말로 최악이었소. 어떻게 자신의 생명을 걸었다고 그런 대가를 요구하는 비열한 짓을 한단 말이오. 게다가 그 대가라는 게……."

자신감으로 가득 찬 말투였다. 아무것도 몰랐다면 이 말투

330

에 속았을 것이다.

"한 가지 물어봐도 될까요?"

"뭐든."

"최선의 선택이란 게 모든 사람을 구하는 걸 뜻합니까?"

"뭐, 그렇지."

"그건 불가능했다는 말이군요."

"그런 선택을 할 수 있는 상황이 아니었다는 뜻이오. 너무 위험하다고 판단했기 때문에."

"그럼, 다케모토 씨가 가네이 씨를 구하려 했을 때 왜 말리지 않았나요?"

"……."

"요컨대 당신은 말할 자격이 없다고요!"

나도 모르게 목소리가 커졌다. 치솟는 감정을 억누를 수가 없었다.

시간이 한참 흘렀다.

"뭐, 좋소."

그가 입을 열었다.

"당신이 무슨 말을 하든 자유요. 조금 성가신 게 마음에 걸리긴 하지만. 그러나 아무것도 변하는 건 없소."

"그래요."

나는 턱을 끌어당겼다.

"아무것도 변하지 않고, 아무 일도 일어나지 않을 거예요."

"그렇소."

"마지막으로 한 가지만 물어보죠."

"뭐요?"

그의 눈에서 예리한 빛이 새어나왔다. 하지만 그것 역시 한 순간이었다. 그의 시선이 내 뒤쪽으로 향하는 듯했다. 뒤를 돌아보니, 유미가 잠옷 바람으로 문에 서 있었다.

"일어났니?"

야마모리 사장의 목소리가 지금까지의 대화에서는 찾아볼 수 없던 상냥함으로 가득 찼다.

"추리소설 쓰시는 선생님?"

유미가 물었다. 그 애는 내가 서 있는 쪽에서 조금 빗나간 곳을 바라보고 있었다.

"응. 그래. 하지만 이제 돌아가려던 참이야."

내가 말했다.

"아깝네요. 이야기하고 싶었는데."

"바쁘시다는구나. 붙잡지 마라."

야마모리 사장이 말했다.

"하지만 선생님, 한 가지만 물어볼게요."

유미는 벽을 짚고 걸어오며 왼손을 내밀었다. 나는 다가가 그 손을 잡았다.

"왜?"

"선생님, 저기요……, 이제 엄마나 아빠, 더 이상 위험하지
않은 건가요?"

"아……."

나는 숨을 멈추고 야마모리 사장을 돌아보았다. 그가 고개
를 벽 쪽으로 돌린 채 시선을 피했다.

나는 유미의 손을 세게 쥐고 대답했다.

"응. 그래. 이제 다 괜찮아. 아무 일도 일어나지 않을 거야."

유미는 조그맣게 중얼거렸다. 다행이라고. 요정 같은 미소
가 새하얀 얼굴에 넘쳐흘렀다.

나는 유미의 손을 놓고 야마모리 사장 쪽으로 몸을 돌렸다.
마지막 질문이 아직 남아 있었다. 하지만 그것을 여기서 입
밖에 낼 수는 없었다.

나는 핸드백에서 명함 한 장을 꺼내 그 뒤에 볼펜으로 글을
썼다. 그리고 야마모리 사장에게 다가가 그의 눈앞에 대고
보여주었다.

"대답하지 않아도 괜찮습니다."

글을 본 그의 얼굴이 약간 일그러지는 것 같았다. 나는 명
함을 다시 백에 넣었다.

"그럼, 건강하세요."

그는 대답하지 않았다. 물끄러미 내 얼굴을 쳐다보고 있을

뿌이었다. 그런 그를 남기고 문으로 향했다. 거기엔 아직도 유미가 서 있었다.

"안녕히 가세요."

유미가 말했다.

"안녕. 건강해."

나는 대답했다. 그리고 한 번도 돌아보지 않고 그의 집을 나왔다.

◆◆◆

집으로 돌아왔을 땐 벌써 새벽 1시가 넘어 있었다.

우편함에 편지가 한 통 와 있었다. 후유코가 일하던 출판사 편집장이 보낸 것이었다.

나는 우선 샤워부터 했다. 그리고 타월을 두른 채 침대에 누웠다. 무척 긴 하루였다.

팔을 뻗어 편지를 집었다. 봉투 속에는 편지가 들어 있었는데, 곧 새로운 담당자를 소개해주겠다는 내용이 단정한 붓글씨로 적혀 있었다. 후유코의 죽음에 대해서는 전혀 언급이 없었다.

나는 편지를 집어 던졌다. 깊은 슬픔이 엄습해 갑자기 눈물이 뺨을 타고 흘렀다.

후유코…….

이걸로 괜찮겠어? 나는 질문을 던졌다. 나는 이 방법밖에 생각하지 못했는데…….

물론 대답은 없었다. 아무도 대답해주지 않았다.

나는 핸드백 안에서 명함을 꺼냈다. 조금 전, 야마모리 사장에게 보여줬던 명함이다.

당신은 다케모토 유키히로 씨가 죽지 않았다는 것을 알고 있지 않았나요?

나는 그것을 10초 정도 바라보다 천천히 찢었다. 이렇게 된 마당에 무의미한 질문이었을지 모른다. 아무도 진상을 증명할 수 없고, 증명한다 해도 변하는 것은 없었다.

잘게 찢긴 종잇조각이 내 손에서 바닥으로 떨어졌다.

어쩌면 내 시련은 이제부터일지 모른다.

하지만 앞으로는 어떻게 되어도 상관없다.

각오는 하고 있다.

내일 무슨 일이 일어난다 해도, 일단 오늘은 자고 싶다.

미스터리를 뛰어넘은 최고의 미스터리

중학교 2학년 때쯤으로 기억한다. 1학기 기말고사가 한창이던 때, 그만 추리소설 한 권에 한껏 빠져 버렸다. 밤샘 공부를 하겠다며 방 안에 들어앉았는데, 마음이 자꾸만 소설책으로 쏠렸다. 고민 끝에 '조금만 읽고 공부하자!'며 소설책을 들었고, 시간 가는 줄 모르고 책 속에 빠졌다. 사실 그때 시험 공부를 작파하면서까지 읽었던 책 이름도, 작가도, 심지어 줄거리도, 지금은 생각나지 않는다. 그저 아가사 크리스티나 코난 도일 류의 정통 탐정추리물이 아니었을까 싶다. 하지만 책 속에서 탐정과 함께 범인을 쫓던 흥분만큼은 지금도 생생하다. 십 대의 여중생에게 그것은 또 다른 세계로 통하는 '환상 특급' 같은 것이었다. 그 뒤로는 시간에 쫓기는 고등학생이 되어서인지, 아니면 추리소설에 관심이 바래져서인지, 이른바 정통이라 분류할 만한 추리물을 거의 접하지 못했다.

그리고 아주 오랜만에 그때의 감흥을 일으키는 한 권의 책 《11문자 살인사건》과 만났다.

독자에게 도전장을 던지다

《11문자 살인사건》의 주인공은 여성 추리소설 작가이다. 어느 날, 애인이 누군가에게 처참하게 살해되어 시체로 발견된다. 주인공은 친구이기도 한 출판사 편집 담당자와 함께 사건의 진상을 알아보기로 결심하고, 우연히 밝혀낸 단서 하나로 조금씩 사건에 접근한다. 그리고 마침내 애인의 죽음이 1년 전, 그가 떠났던 요트 여행과 거기서 비롯된 사고와 관련되어 있음을 알아내고 새 단서를 찾아내지만 곧 난국에 부딪히는 과정을 되풀이하며 조금씩 사건의 진실에 가까워진다. 그 여정을 함께하는 독자 역시 주인공과 함께 범인을 추리하지만, 다시 벽에 부딪히는 반전의 반전을 경험하게 된다.

히가시노 게이고가 1987년에 발표한 《11문자 살인사건》은 정통 추리소설, 즉 독자들이 주인공(주로 탐정이나 형사)의 사건 해결 과정을 지켜보는 형식을 띠고 있다. 하지만 독자들은 단순히 지켜보는 입장에서 벗어나 누가 범인이고, 어떤 트릭을 사용했는지 추측하며 주인공과 추리 대결을 펼치게 된다.

이런 형식은 1980~1990년대 일본에서 무척 유행했는데 히가시노 게이고 역시 그 영향권 안에 있었다는 방증이다. 정통 미스터리, 모험, SF, 유머 소설에 이르기까지 다양한 장르를 섭렵하면서, '미스터리 장르를 뛰어넘은 최고의 미스터리 작가'라는 평을 듣는 작가의 초기 역량을 가늠해볼 수 있는 작품이다. 또한 작가가 깔아놓은 덫을 피하며 독자가 직접 추리를 펼쳐나가는 지적 체험을 만끽할 수 있다. 작가가 던진 도전장을 기꺼이 받아들인다면 최고의 미스터리 작가와 대결을 펼치는 또 다른 재미를 얻을 수 있는 작품이다.

가치관의 충돌에서 빚어진 비극

이 작품은 가치관의 충돌에서 빚어진 비극을 다루고 있다. 어떤 집단이 '선'이라고 생각하는 가치가 진정 옳은 것이냐는 질문을 던지는 작품이다. 대부분의 추리소설은 선악 구분이 분명하지만 이 작품에서 다루고 있는 사건은 어느 쪽 가치관을 중요하게 여기느냐에 따라 선이 될 수도, 악이 될 수도 있다.

작가는 "모두가 받아들일 수 있는 최선이 있을 수 있느냐?"는 질문을 던진다. 살해된 사람도, 복수를 감행한 사람도, 그 과정을 지켜봐야 했던 사람도, 나름 자신이 믿는 가치관 안에서 최선을 다했고 행동했을 뿐이다. 그리고 그 질문은 독자들에게도 유효하다. "당신이 똑같은 상황에 있다면 어떻게 행동했을 것인가?" 그 대답에 따라 독자 역시 살인자가 될 수도, 죽임을 당할 수도 있다.

여성의 내면은 언제나 미스터리

부조리한 삶 속에서 운명의 갈림길에 놓인 인물들이 제각각 자신의 신념에 따라 행동하고, 그 과정에서 파멸해가는 모습은 작가의 이후 대표작들인 《백야행》과 《환야》에서도 엿볼 수 있다. 또한 그 능동적인 행동의 중심에는 여성이 서 있다. 작가의 다른 작품에서와 마찬가지로 여성은 사건의 발단이자, 주체이고, 또 해결사이다. 그들은 원하지 않은 상황에 휘말려 큰 고비를 맞이하지만 주체적으로 행동하고, 또 나름의 결론을 내린다. 그 결론에 동의할 독자도, 동의하지 않을 독자도 있을 것이다.

'여성의 내면은 언제나 미스터리'라는 작가의 말처럼 그 여성들이 행동하고 내린 결론을 다 이해할 수는 없지만, 그 당당함만은 충분히 매력적이다.

다시 처음으로 돌아가, 밤을 새우며 추리소설을 읽던 여중생은 그날 뜻하지 않게 집에 든 도둑을 쫓는 경험을 했다. 평소 같았으면 이불 속으로 더 깊이 파고들었겠지만, 소설 속에서 방금 멋지게 범인을 잡은 여중생은 겁도 없이 방문을 열고 나가 소리를 질렀고, 분명 초보였을 도둑은 줄행랑을 치고 말았다. 추리소설 한 권의 힘이 대단했던 셈이다. 신기하게도 이 작품 속에서 여주인공이 비슷한 행동을 하는 장면이 있다. 공포를 털고 용감히 발을 내딛는 여주인공을 보며 20년도 더 된 시간을 뛰어넘어 웃음을 지을 수 있었다. 독자들 역시 이 한 권의 책을 통해 추리라는 지적 유희와 함께 좀 더 대담하게 살아나가는 힘을 얻을 수 있으리라 믿는다.

민경욱

11문자 살인사건

1판 1쇄 발행 2007년 7월 30일
2판 1쇄 발행 2018년 7월 13일
2판 17쇄 발행 2024년 7월 19일

지은이 히가시노 게이고
옮긴이 민경욱

발행인 양원석
편집장 김건희
디자인 오필민디자인
영업마케팅 조아라, 정다은, 한혜원

펴낸 곳 ㈜알에이치코리아
주소 서울시 금천구 가산디지털2로 53, 20층 (가산동, 한라시그마밸리)
편집문의 02-6443-8902   **도서문의** 02-6443-8800
홈페이지 http://rhk.co.kr
등록 2004년 1월 15일 제2-3726호

ISBN 978-89-255-6377-0 (03830)